훈련병에게 쓰는 편지

훈련병 아들에게 쓴 엄마의 사랑 통신

	훈	련	병	에	게	
	쓰	는		편	지	

곰신맘 지음

꽃보다 아름다운 훈련병

인생에서 가장 아름다운 꽃을 피울 시기에

군복무의 의무를 다한

젊은 청춘들에게

이 책을 바칩니다

"아들, 사랑한다."

　이제껏 짓고 있던 환한 웃음을 거두고, 뒤돌아서 애써 당당한
척 훈련소 안으로 들어가는 아이에게 할 수 있는 말은 그 한마디
뿐이었습니다. 무슨 말을 더 보탰다가는 아이 어깨에 무거운 짐
을 올려놓는 것만 같았기 때문입니다. 집을 떠나 낯선 곳에서 집
단생활을 해야 하는 자식에 대한 애틋함을 가득 담아서.
　그러고 보니 "아들, 사랑해"는 나 혼자만의 외침이 아니었습
니다. 아들들을 들여보내는 많은 엄마들이 너나할 것 없이 그 짧
은 한마디, "아들, 사랑해"를 외치고 있었습니다.
　밥 잘 먹어라 잠 잘 자라 집 걱정 마라 건강하게 있다 와라 등등.
　엄마가 자식에게 할 수 있는, 하고 싶은 원초적이고 본능적인
말들이 거기에 담겨져 있었습니다.

· 책을 내면서 ·

곰신맘입니다.

군대에 입대한 남자 친구를 기다리는 여성을 곰신이라고 한답니다. 아들을 군대에 보내고 기다리는 마음도 곰신들과 다르지 않아 곰신맘이라 하겠습니다.

초등학교 때부터 일정한 시기가 되면 수업시간에 의무적으로 썼던 국군장병에게 쓰는 위문 편지의 대상이 군인 아저씨에서 군인 친구, 군인 조카, 군인 아들로 변하는 세월을 살아내면서 군복무의 의미를 새삼 느끼게 됩니다.

지금 이 시간에도 무수한 아들들은 훈련병으로 입소하여 군인으로 복무하고 다시 사회로 돌아옵니다. 내 일가붙이의 일이 아니면 당연한 사회 현상으로 생각했던 일입니다. 18개월 남짓한 군복무의 시간들이 당사자에게는 큰 희생과 인내를 요구한다는 걸 깨달은 것은 자식이 군입대를 앞두면서였습니다. 한창 학업에 열중하거나 미래를 위한 기반을 닦을 기술을 연마할 시간에 모든 일상을 일시정지시켜 놓고 국방의 의무를 하는 것은 젊은 청년들의 고귀한 시간을 희생하는 것입니다.

그 단절과 인고의 시간을 묵묵히 견뎌내고 국방의 의무를 다한 이 땅의 모든 국군 장병에게 감사를 드립니다.

우리가 살고 있는 현실에서는 피할 수 없는 의무지만 청년들의 희생을 당연스레 받아들이지 않고 보상 받도록 사회적 국가적인 장치가 마련되기를 소망합니다.

제 아이는 2013년 4월 22일에 공군에 자원하여 진주에 있는 공군교육사령부에 입소했습니다. 그곳에서 자대로 배치받기 전 6주간 훈련병으로 기초적인 군사 교육 훈련을 받았습니다.

〈이등병의 편지〉라는 노래에는 부모님께 큰절하고 혼자 입영열차 타고 훈련소에 입소하는데, 자식이 하나 둘인 요즘에는 아이 하나에 온 가족이 한 차에 동승하여 부대 앞까지 배웅합니다. 훈련소 안 연병장에는 훈련병과 가족들로 그득합니다. 훈련병은 입소하라는 방송이 몇 번씩이나 나오고도 한참을 아쉬움에 서로 마주잡은 손을 놓지 못합니다.

그 연병장에서 아이를 들여보내고 가슴 먹먹하게 돌아서던 순간이 어제 같은데 어느새 십 년 세월이 흘렀습니다. 무심한 세월처럼, 아들은 무사히 제대를 하고 복학해서 학교를 졸업하고 느리지만 자신의 속도로 잘 살아가고 있습니다. 저 역시 이제껏 살아온 날처럼 제 일상을 살아가고 있습니다.

"서랍속에 밀봉된 훈련병의 가족 사랑."

우연히 아이 책상 서랍 깊이 간직된 편지 뭉텅이를 보게 되었습니다. 편지들과 함께 세월에 묻혀 빛 바래고 기억조차 희미한 아이의 훈련병 시절이 떠올랐습니다. 당시의 애틋했던 마음도 살아났습니다. 그 편지들이 한 권의 책으로 나오게 되었습니다. 이 책은 인터넷 편지창이 열려 훈련병에게 편지를 쓸 수 있는 입대 3주차부터 6주차까지 쓴 기록들입니다.

5시 전까지 인터넷으로 쓰면 매일 저녁 교육을 마친 아이에게 출력된 종이로 전달된 그 편지들입니다. 힘든 훈련병 시절을 버티게 해 준 건 일과 마치고 받아든 편지였다고 합니다. 훈련은 힘들고 모든 것이 낯선 곳에서 마음 둘 곳은 편지밖에 없었고, 편지 읽는 낙으로 버텼다고 하네요.

저 또한 갑작스런 아이와의 단절이 쉽지만은 않았는데 편지를 쓰면서 마음을 다스릴 수 있었고, 아이와의 지난날을 돌아보는 좋은 기회였습니다. 하루 일을 전하며 매일 쓰는 편지 속에서 추억과 사랑이 꽃피었습니다.

이 빛바랜 편지들을 읽으면서 그때를 회상하는 즐거운 시간을 잠깐 가져도 좋고, 다가올 시간들을 행복하게 채울 기대를 해도 좋을 듯합니다.

미래가 희망찬 것은 요즘 젊은이들의 센스 덕분입니다. 사랑하는 사람과의 애틋한 이별 시간을, 인편 곰신 꾸나 등등 아기자기하고 귀여운 애칭으로 부르며 지혜롭게 보내고 있습니다. 이 덕분에 삭막하고 외로운 복무 기간이 인생에서 가장 잊을 수 없는 아름다운 순간으로 변하게 됩니다.

피할 수 없으면 즐기라는 말처럼, 입대로 인한 이별 시간이 마냥 나쁘지만은 않았습니다. 입대한 아들이나 복무중인 연인과 나누는 군대 편지들은 두 사람의 관계를 더욱 애틋하고 돈독하게 만들 수 있습니다.

시간이 허락되고 기회가 있으면 떠나 있는 자식에게 맘껏 편지로 사랑을 전하세요. 쓰는 만큼 신뢰와 애정이 쌓일 겁니다. 사랑하는 사람이 곁에 없다면 매일 보는 것처럼 일상의 편지를 쓰세요. 평생 함께 할 사랑의 양식을 쌓는 겁니다.

2021년 여름에 곰신맘 씁니다.

· 차례 ·

책을 내면서

3주차
인터넷으로 열린 창

3주차 ▶ 5월 7일

싸구려 커피는 마시고 있는지

커피 마실 때마다 네 생각이 많이 난다.

엄마가 싸구려 커피 좋아한다고 가끔 놀렸었

지? 장기하의 노래 제목이기도 하지만, 사실 오랫동안 즐

겨마시던 다방 스타일 커피란다.

커피 하나 설탕 셋 프림 둘. 이런 조합을 한 봉지에 담

아낸 믹스커피가 나오기 전에 달달한 크림 커피의 정석 시

피란다.

이런, 첫 편지부터 언어의 격세지감이네. 다방과 커피. 요즘은 카페와 아메리카노가 대체하고 있지. 엄마가 살아온 세상과 지금 네가 사는 세상의 시공간 차이를 그대로 드러내 주는 말이다.

그곳에서는 커피를 마시는지 궁금해. 너는 화이트 모카의 달달함을 좋아했는데. 하루 일과는 어떻게 진행되는지, 식사는 잘 나오는지, 네가 처음 겪어보는 그곳 생활이 모두 다 궁금하다.

입대 후 2주간은 편지를 전할 수 없어서 답답했지만 그곳에서의 생활에 빨리 적응해야 하니 어느 정도의 단절은 필요하다고 위로해 본다.

엄마도 그 단절이 쉽지는 않았지만 무소식이 희소식이려니 하며 기다렸어. 인내는 달달한 열매를 가져온다고. 늘 당당하고 자신있게 네 일을 잘 해내고 있어서 크게 걱정은 안 했지만 잠잘 때나 고기 먹을 때, 사실 네 생각이 많이 난다. 참고로 너 입대 후 고기 구입량이 절반으로 줄었단다. 그 많던 고기는 다 어디로 갔는지.

때맞춰 방송에서는 연예인들이 병영 체험하는 컨셉으로 〈진짜 사나이〉라는 예능 프로그램을 하고 있다. 실제 훈련병인 너희들 모습과는 무척 다를 테지만 널 보듯이 보고 있다. 직접 볼 수 없으니까, 네가 훈련 받고 있는 곳이 저러려니 하며 과몰입해서 보고 있다.

홈페이지에 올라온 부대 사진을 봤다. 동글동글한 얼굴에 짧게 자른 머리하며 앙 다문 입술, 복장까지 똑같아서 처음에는 너를 단박에 찾지 못했다. 게다가 안경까지 벗고 찍었더구나. 안경은 왜 안 쓰고 있는지 궁금하다. 장난기 싹 빠져 굳어 있는 표정이어서 좀 힘들어 보인다.

같이 지내는 동기들과는 잘 지내고 있는지. 모두 같은 처지니 서로서로 배려하고 격려하면서 훈련 받고 있으리라고 믿는다.

너와 통화한 일요일, 할 말은 많은데 어떤 말부터 먼저 해야 할지 당황해서 버벅거렸다. 아들하고 통화하면서 버벅거리다니. 훈련소로 너를 들여보내 놓고 2주간 너에게 편지하거나 통화를 하게 되면 이런 말을 해야지 생각했는데, 막상 수화기 너머로 익숙한 너의 목소리를 들으니 안도의 숨부터 나왔다.

일부러 한 톤 높여 밝게 전화하려 한 것도 같고. 지낼 만하다, 잘 먹는다, 잘 잔다,를 연신 반복하는 네게, 집에도 별일 없다, 너만 잘 있으면 된다, 여기 걱정하지 말라,는 상투적인 이야기만 한 듯하다. 그 말 속에 숨긴 마음은 굳이 말 안 해도 알 수 있겠지?

누나는 여전히 열심히 공부하고 있다. 귀가 시간이 점점 늦어져 12시 반에 지하철역으로 마중 나가는데 그 덕에 잠이 많이 모자라서 좀 피곤하다. 어쨌든 지금은 누나에게 힘을 보태주자.

휴가 때 맞춰 네가 즐겨 먹던 음료수 3종 마련해 두마. 내가 음식 장만하는 것보다는 네가 좋아하는 토다이_시푸드 레스토랑에 가서 전 메뉴를 휩쓰는 게 더 좋을 듯하다만.

내게 허락된 칸이 다 찼다.

우리 복뎅이, 튼튼하게 건강하게 화이팅이다.

3주차 ▶ 5월 8일

저렴한 입맛은 안녕하신지

 하이, 헬로! 엄마야.

네게 여자 친구가 있다면 엄마가 매일 위문 편지 쓰는 일은 없으련만. 너도 좀더 달달하고 애틋한 편지를 받을 수 있어 좋을 테고. 군대 간 남친에 대한 곰신들의 지극 정성은 정말 기특하다. 매일 누군가를 위해 편지를 쓰는 것은 자식을 낳고 기른 엄마에게도 버거운 일이다.

요즘은 특히 이 엄마에게 감사해야겠다. 평소에 아무거나 대충 먹여 키운 덕에 지금 군대에서 누구보다 잘 적응하고 있으리라 생각한다. 때맞춰 매 끼니마다 밥 나오는 게 어디냐.

세상에서 제일 맛있는 밥은 남이 차려준 밥이다. 우리처럼 도시에서 자라서 흙 묻은 채소들을 많이 접해 보지 못한 사람들은 더 그렇지. 누군가의 수고로움이 없다면 저 채소들이 저절로 밥상 위에 올라오지 않겠지.

일하다가 식당에서 밥을 먹을 때마다 절이라도 하고 싶다. 단돈 몇 천 원에 허기를 채워줄 뜨끈한 밥상을 마주할 수 있는 게 얼마나 감사하냐. 배가 부르면 마음의 허기까지 채워지고 여유가 생긴다. 그래서 부탁해야 하는 외부전화나 단계가 많은 결재 같이 다소 복잡하고 부담스러운 업무는 2시 이후에 한다고도 하더라.

오늘은 어버이날이다. 하지만 너의 3분간의 행복_쓰는 데는 30분 읽는 데는 단 3분을 위하여 이 에미가 편지를 쓴다. 마감 30분 전이다.

누나에게 어버이날 선물을 받았다. 무엇인고 하니 아이

패드로 하는 엄마의 유일한 오락 취미생활인 〈스누피 게임〉이 요즘 접속할 때마다 계속 튕겨져 나가 여러 날 동안 나를 괴롭혔는데, 어젯밤에 누나가 새로 깔아주고 나서는 원활하게 접속된다.

누나가 조작하는 걸 보니 쉬워 보이는데 왜 나는 제대로 못하는 건지. 새로운 문물 따라잡기가 버겁다. 단순하지만 익숙한 게임을 맘껏 하게 돼서 그저 기쁘다.

아빠에게는 편안한 잠을 선물했단다. 새벽에 기침 때문에 아빠가 자꾸 깨면서 잠을 설치는 것 같아 졸린 눈을 부비면서 기침약을 찾아줬더니 그때부터 잘 주무셨다구 하면서 그게 어버이날 선물이라고 생각하라더군.

흠흠, 어때. 그냥 잘했다고 해야겠지? 그래야 더 잘하겠지? 칭찬은 고래도 춤추게 한다는데.

선물이라고 해서 거창할 필요는 없다. 주고받는 사람이 부담 없고 좋으면 된다.

참 어제 쓴 편지 보고 아빠가 한마디한다. 왜 자기 얘기는 없냐고, 서운하다고. 편지 쓸 때는 너에게만 집중하느라 신경 안 썼는데 내심 본인 안부도 전하길 바랐나봐. 그래서 오늘은 한 줄 쓴 거야.

누나가 네가 좋아하는 〈아이언맨〉 보고 와서 얘기해 주라는데 어떻게 생각해? 그냥 나중에 휴가 나와서 보면 안 될까? 내 취향 알지? 크리미널류의 범죄 탐정물 좋아하는 거. 이런 히어로물은 안 즐긴단다.

날씨 얘기로 마무리하마. 여기 엄청 덥다. 5월인데 완전 한여름 날씨다. 네가 추위를 피해 4월에 입대했는데 더위도 만만치 않을 듯하다. 슬기롭게 대처하렴.

잘 지내렴. 내일 또 쓰마.

굿 바이. 우리 복뎅이.

3주차 ▶ 5월 9일

아임 유어 씨스터!

 헬로, 잘 지내니?

네가 입대한 후 투닥거릴 상대가 없어서 넘 심심하다. 우리 집에서 널 제일 많이 생각하는 사람은 아마 도 나인듯.

우리 입대 전에 쿨하게 서로 편지 쓰지 말자고 한 거 기 억나? 나는 편지 잘 못 써. 많이 힘들지는 않니? 힘들면 누나 이쁘다고 뻥쳐. 괜찮아. 나 살만 빼면 미인이야. 그러니까 사실 뻥은 아닌 거지. 양심의 가책 느끼지 말고 여신이라고 얘기해도 돼. 그러면 군 생활 많이 편해질 거다.

인터넷에서 네 사진 다 찾아봤는데 외모 많이 죽었더라. 머리 스타일이 다 비슷해서 누가누구인지, 너 찾기 힘들었다. 할 말이 없어서 좀 미안한데 〈아이언맨 3〉 줄거리 찾아서 보낼게.

21세기 가장 매력적인 히어로의 귀환.
지금까지의 아이언맨은 잊어라!
〈어벤져스〉 뉴욕 사건의 트라우마로 인해 영웅으로서의 삶에 회의를 느끼는 토니 스타크. 그가 혼란을 겪는 사이 최악의 테러리스트 만다린(벤 킹슬리)을 내세운 익스트리미스 집단 AIM이 스타크 저택에 공격을 퍼붓는다. 이 공격으로 그에게 남은 건 망가진 수트 한 벌 뿐. 모든 것을 잃어버린 그는 다시 테러의 위험으로부터 세계와 사랑하는 여인(기네스 펠트로)를 지켜내야 하는 동시에 머릿속을 떠나지 않던 한 가지 물음의 해답도 찾아야만 한다.
과연 그가 아이언맨인가? 수트가 아이언맨인가?

음, 할 말 없어서 줄거리 찾은 거 아니야. 읽어보니깐 줄거리도 아니네.

잘 지내라. 너는 어디서든 잘 할 거라고 믿는다. 난 너의 엄마가 아니라서 빈 칸 다 채우는 거 정말 너무너무 힘들다. 엄마가 옆에서 자기는 금세 채운다고 하는데 그건 엄마니깐 그런 거지.

요즘도 엄마가 나 밥 잘 안 해줘. 대신 잘 사먹고 있지.

파이팅!! 내 동생이 짱이닷!!

엄마가 이어 쓴다. 기껏 누나에게 쓸 기회를 주었건만, 글 쓰는 일은 역시 누나에게는 힘든 일인가보다.

과연 진정한 아이언맨은 무엇일지 나도 궁금하다. 스타크가 정의를 실현하려면 수트가 꼭 필요한데 그럼 수트가 진정한 아이언맨일까?

내 짧은 생각을 말한다면 진정한 아이언맨은 스타크다. 수트는 도구라고 봐야지. 스타크 자신은 힘 없는 일개 인간이지만 그가 지혜롭게 무적의 수트를 잘 이용할 때 비로소 진정한 의미의 아이언맨이라고 생각한다. 하지만 그 수트가 악당의 손에 들어간다면 끔찍한 일이 벌어지겠지.

기회가 있다면 나중에 영화를 보고 한번 더 얘기해 보자. 오늘은 엄마와 누나 2인분의 편지를 받는 셈이구나.

오늘도 사랑한다.

3주차 ▶ 5월 10일

그곳도 비 오는 날은 공치는 날인지

 아들아, 어제 오늘 이곳은 비가 계속 내린다.
많지 않은 양이지만 여름을 부르는 비 같다.
이 비 그치면 본격적인 여름이 시작될 거다.

건설 노동자들은 비 오는 날은 일을 할 수 없어 공치는
날_무슨 일을 하려다가 목적을 이루지 못하고 허탕치다_표준국어대사전이
라고 한다.

설마 이 공을 축구공으로 생각한 건 아니겠지?

네가 있는 그곳은 비 오는 날은 어떻게 지내는지. 어제는 누나가 편지 쓰고 싶다고 해서 쓰라고 하고 지켜보니 다섯 줄 넘기기를 어려워하더라. 그 짧은 글을 쓰는 동안 여러 번 몸 비트는 건 기본이고 급기야 붙여넣기까지. 하여간 무식한 공대생 티 팍팍 내더군.

오늘 눈에 확 들어오는 기사가 있어 나도 살짝 붙여넣기 한다. 〈출신보다 능력 따지는 이스라엘〉_2013.05.10 동아일보이라는 제목의 기사야.

미국 투자자들이 이스라엘의 하이테크 창업 기업에 몰리고 있다는 기사를 인용하면서 "이스라엘은 젊은 창업 기업가들에게 세계시장 진출 도전에 동인動因을 부여하는 수많은 다국적 기업 연구개발R&D센터들의 거대한 허브hub"이기도 하다. 비결은 "이스라엘에는 사람을 평가할 때 출신보다는 어떤 역량을 갖고 있는지가 훨씬 더 중요한 기준이 되는 실용정신이 팽배하기 때문"이라고 한다. 자신의 역량이 미래를 여는 열쇠가 될 수 있다는 말로 풀이된다.

입소 직전까지 손에서 놓지 않던 핸드폰과 담배를 미련

없이 자진 반납하고 훈련소에 들어가는 너는, 귀를 탁 잡혀 우리에 갇힌 〈스누피 게임〉 속 토끼였다. 활어처럼 펄펄 뛰던 속세를 잠시 이별하고 더 큰 도약을 위한 준비라고 생각해라.

철저하게 단체로만 행동해야 하는 6주간_공군의 훈련 기간은 쉽지 않아 보인다. 이건 너뿐만 아니라 나에게도 힘든 일이다.

평생 함께한 자식을 떼어내는 분리 불안은 나 또한 마찬가지다. 원할 때마다 안부를 물을 수도 없고. 하지만 이제 너도 자신의 일을 스스로 결정하고 책임지는 성년이 되었으니 각자 이 위기를 잘 이겨내 보자. 당분간 자신의 자유의지는 잠시 접고 정해진 규율에 따르는 단체 생활을 해야겠구나. 물론 처음 접하는 것이라 낯설고 두려울 수 있겠지만 잘 적응하리라 본다. 완벽한 단절, 두렵지만 오히려 또다른 기회가 될 거라고 긍정적인 생각회로를 돌려본다.

네가 전에 말했듯이 우리는 자신에게는 한없이 관대하잖아. 정신력과 습관을 자발적인 개인의 의지만으로는 키우기 힘들 때 타인에 의한 약간의 강제가 있는 것도 나쁘지는 않을 듯하다.

나도 지난 겨울 헬스장에서 트레이닝 받으며 느꼈다. 언제 운동을 했었는지 기억이 안 나. 아마도 정규학교를 졸업한 뒤로는 제대로 하지 않은 것 같다. 그룹 트레이닝을 받는데 처음에는 정해진 횟수를 다 채우지 못할 거로 생각했다. 안 하던 운동을 하려니 숨이 차고 다리가 풀리고 내 능력 밖으로 너무 벅차게 느껴져서. 하지만 코치가 이끌고 팀 모두가 낙오 없이 정해진 횟수를 채우니까 나도 얼떨결에 완주하게 되더라구. 쉽지는 않았지. 밤에는 엄청난 근육통에 시달렸지만 날이 갈수록 고통의 강도가 줄어들고 몸이 가벼워짐을 느꼈다.

신체의 극한한계까지 갔다가 그걸 버텨냈을 때 느끼는 희열은 잔머리에서 감지할 수 있는 것과는 비교가 안 된단다. 입대 전에 머리로 생각한 것들 몸에 담아서 오길 바란다. 오늘은 어려운 말만 썼네. 나도 무슨 소리를 했는지 모르겠다.

어쨌든 내일도 소식 전하마. 참 답장은 없는 거니?

바이바이.

토요일은 반공일

 하이 헬로! 엄마가 왔다.

오늘은 반공일이다. 무슨 뜻인고 하니 토요일은 오전에만 일하고 오후에는 쉬니까 반만 공휴일이란 뜻이야. 엄마 20대에 회사 다니던 시절_그런 적이 있었나? 가물가물에는 많이 쓰였지만 이제는 토요 휴무가 많이 보편화돼서 곧 역사 속으로 사라지기 전이라 한번 써봤다.

너 학교 다닐 때는 토요일에 격주로 학교에 가기 때문에 갈토, 놀토라고도 했었지. 그곳도 토,일은 훈련을 멈추고 휴식하는지 어쩐지 궁금하다.

반공일도 갈토 놀토도 다 사라지고 이제는 주5일근무제라는 말이 일상화된 시대다. 너랑은 언어 사용에서도 세대 차이가 나는 건가.

엄마는 모처럼 쉬게 돼서 집안일을 몰아서 폭풍처럼 하고 있다. 내 실력 알지? 안 해서 그렇지 한 번 하면 삐까번쩍하게 하는 거.

집안 깨끗이 치우고 거실에 앉아 있으려니 행복하고 평화롭다. 이 평화, 너 같은 아들들이 성실하게 군복무의 의무를 다하는 덕분이라 생각하고 감사한다. 역시 아들은 여러 모로 보험이다.

어찌어찌하다 보니 시간은 쏜살같이 지나갔다. 너 입대후 한동안 일이 손에 안 잡히고 허전해서 갈피를 못 잡았는데, 어느샌가 너는 너대로 우리는 우리대로 각자에게 주어진 일상을 살아가고 있다.

네가 없는 동안 너와의 일을 추억하는 일이 많아졌다.

매일같이 한집에서 복닥댈 때는 일찍 다녀라, 게임 그만해라 잔소리만 한 것 같은데, 네가 입대하고 한동안 연락을 할 수 없는 상태가 되니까 모든 것이 다 그립고 애틋하기만 하다. 잘 자라주어서 늠름하게 제 할 일 다 잘하는 착하고 듬직한 아들이다.

참 좋은 세상이다. 이 편지는 오늘 할아버지 제사 모시러 가는 지하철 안에서 쓰고 있다. 편지 쓴답시고 컴퓨터를 열고 부팅하기는 부담스러울 때. 모바일에서도 가능하다기에 써본다. 무사히 잘 전해지겠지.

날이 좋은 날, 훈련 받을 때는 코 평수를 최대한 넓혀 공기 냄새도 맡고 따사로운 햇살에 피부도 맡겨보렴. 너도 자연과 하나 되는 느낌, 살아 있는 게 축복이라는 느낌을 받을 거야.

도시에서 나고 자라서 자연에서 뛰놀기보다는 체험학습처럼 자연을 공부하듯이 배운 너에게 지금 훈련 기간은 자연의 생체 리듬에 몸을 맡기고 몸으로 배우는 기회가 되길 바란다. 우리 인간은 절대 자연보다 우월하지 않고 자연 그 자체임을 느끼면 좋겠다.

글을 쓰는 작가들은 정신노동자의 대표격으로 육체적인 일은 전혀 안 할 거 같지만 〈데미안〉의 작가 헤르만 헤세는 〈정원 가꾸기의 즐거움〉이라는 책에서 자연 속에서 신을 만나고 황폐해진 인간정신을 복구할 수 있다는 생각으로 이른 아침에 나가 작은 정원을 가꾸고 오후엔 늦도록 글을 썼다고 한다. 한 조각 땅에 마음을 주고 그걸 기반으로 삼아 작품 세계를 일궈낸 듯하다.

그곳에서는 정원을 가꾸는 등의 자연과 접촉하는 생활은 아니겠지만 육체 활동이 주가 되니 자연의 흐름에 몸을 맡기며 생활해 보렴. 네 인생에서 다시 만나기 어려운 기회가 될 거야.

휴가 나오기 전에 정지시키고 간 전화는 개통시켜 놓으마. 부탁할 일 있으면 다음 전화에 또 전하고. 편지 쓸 수 있으면 쓰렴. 말로 전하는 거하고 글로 전하는 게 많이 다르다. 글은 아무래도 정리된 마음이 나오는 듯 해. 쓰는 동안 마음도 가라앉고.

내일이 일요일이지만 엄마 편지는 쉬지 않는다.

내일 돌아오마. 아월 비 백. I'll be back.

3주차 ▶ 5월 12일

귀가 간지러운 날

 날씨가 무척 좋다.

간밤에 살짝 비가 내려서인지 지금 이 시간
은 청명_날씨가 맑고 밝다 그 자체다. 어제 할아버지 제사 모시
고 지금은 산에 성묘 왔다.

　타는 듯한 불볕 더위에 엎드려서 무덤가 잡초를 뽑다보
니 땀이 비오듯 쏟아졌는데 풀 뽑기를 마치고 그늘에 자리

잡고 보니 시원하고 개운한 것이 세상 낙원이 따로 없다.

노동이 주는 축복이라고 해야 하나. 사람 마음이 간사하기는……. 날씨는 말이 없는데 인간들이 이리저리 말을 보탠다.

오늘 귀가 간지럽지는 않았는지. 다른 사람이 자기 얘기를 하면 귀가 간지럽다던데.

가족들 모두 모였는데 네가 없으니 너의 빈 자리가 너무 크게 느껴진다. 모두가 네 안부 챙긴다. 휴대폰에 저장한 입대 모습을 돌려봤단다. 자신들의 군대 영웅담을 풀어놓으면서.

군대 짬밥에 군대리아가 나오는 시대지만 세대가 바뀌어도 군대에서의 생활은 그다지 달라지지 않은 느낌이다.

이런 행사로 일가붙이들이 한번이라도 모이는 게 좋다. 바쁜 일상 지내느라 서로의 안부를 제대로 못 챙길 때가 많은데 해마다 돌아오는 집안 대소사 덕분에 가족간의 유대가 끈끈해진다.

할아버지 할머니 산소가 있는 밭에는 여러 봄 나물이 많이 나 있다. 계절들을 거르지 않고 제 할 일을 해내는 기특한 생명들이다.

　지천에 널린 쑥은 물론이고 땅속 깊이 묻힌 칡뿌리도 캐고 여기저기 무리지어 자라난 둥글레도 캤다. 엄마 눈에는 다 같은 풀인데 그곳에서 나고 자란 네 고모들에게는 그 풀 하나하나의 이름이 다 있더구나.

　고모들은 할머니가 콩밭 매러 밭에 가자 하면 쭈뼛쭈뼛 따라가긴 했지만 밭 매다가 너무 힘들어서 긴 밭고랑 따라 줄행랑을 쳤다고 한다.

　추억도 캐고 나물도 캤다. 지나고 나면 다 웃을 수 있는 추억이 되는가 보다.

　〈꿍따리 샤바라〉라는 노래를 들으면 너희 남매 어렸을 때 작은 차에 태우고 강원도 산길 구비구비 여행 다녔던 게 생각난다. 또 어떤 날은 퇴근하고 들어오는데 쿨이 부르는 〈운명〉이라는 노래가 아파트 복도까지 쿵쿵 댔었다. 학교에서 장기자랑한다고 친구들 한가득 불러 모아서 거실에서 율동 연습을 한 거지.

　그늘에 누워 너에게 편지를 쓰노라니 별 생각이 다 나는구나. 이 향기 이 분위기 네게 그대로 전하고 싶다. 이제 잠시 쉬다가 가려 한다. 쑥향이 향기롭다.

또 쓰마. 밖이라 길게 못 쓴다.

5월의 맑은 이 공기 이 향기. 너에게 전한다.

사랑한다 아들, 굿럭.

4주차
사람은 편지를 타고

게으르게 하루를 시작하고 보니

 오후 내내 바쁘구나.

어제 산소에 가서 땡볕 아래서 잡초 뽑고 또 쑥머리 해 먹으려고 쑥 뜯느라 산과 밭을 헤맸다. 나중에는 차에 실려 이리저리 다니다 보니 너무나 피곤해서 늦잠을 잤다. 부랴부랴 일어나 서둘러 보지만 하루종일 허둥지둥이다. 게으른 나그네 석양에 바쁘다고, 늦잠 잔 게 후회가 된다.

먼저 가족들 근황을 알리면 누나는 여전히 열심히 공부하고 있다. 끙끙대면서 애쓰고 있는데 여러 모로 안쓰럽다. 좀 쉬면서 하라고 하면 생난리다.

쉬라는 말은 자기에게 보탬이 안 되는 소리라고. 다른 애들은 얼마나 악착같이 하는지 아냐며 난리친다. 상상이 가지. 그 성질머리하고는.

아빠는 기침이 심해져서 병원 다닌다. 약이 잘 안 듣는 게 나쁜 공기 탓이라며 툴툴거린다. 난 마이동풍_馬耳東風 동풍이 말의 귀를 스쳐 간다는 뜻으로, 남의 말을 귀담아듣지 아니하고 지나쳐 흘려버림을 이르는 말해 버린다. 몸 아픈 데는 내가 할 일이 없다. 의사한테 가야지.

그리고 나, 난 여전히 그렇다. 바쁜 일은 좀 끝나서 본연의 취미인 독서에 열중하려 한다.

참 짐작은 했겠지만 네 방은 내가 접수했다. 완전 좋다. 침대. 널찍하니 잠도 잘 오고. 좀 시간을 내서 책 정리하고 방 정리하고 옷도 정리하려 한다. 네가 입던 옷은 다 세탁소 보냈다. 깨끗이 단장하고 주인 맞으라고.

이제 입대 4주차가 시작되는구나. 그곳의 규칙적인 생활에 완전 잘 적응했겠지. 잔머리 쓰는 수동형 인간에서 육체가 먼저 행동하는 능동적이고 적극적인 사람으로 변모했겠구나.

예전에는 전기가 없어서 자연광인 해시계에 생활이 맞춰졌단다. 옛시조에 나오는 것처럼 해 뜨면 일어나고 해 떨어지면 자고. 자연의 산물인 우리 몸이 자연의 시계에 맞춰지는 거지.

동창이 밝았느냐 노고지리 우지진다.
소치는 아이놈은 상기 아니 일었느냐
재 너머 사래 긴 밭을 언제 갈려 하나니.
-남구만의 시조

그리고 쓴소리 한마디. 웬만하면 좋은 소식만 전하려고 했지만 짚고 넘어가자. 서랍 속에 깊숙이 저장된 네 성적표! 봤다. 어찌된 일인지. 실망이다.

대학생이면 성인이라 스스로 잘 알아서 하겠거니 믿고

두었는데 한마디로 실망이다. 네 스스로가 부끄러워 부모에게 말하지 않았을 것으로 생각하지만 출석 제대로 하고 기본만 충실해도 그런 성적은 안 나왔을 것이다.

네가 수능을 여러 번 치러서 그간 받았던 공부의 압박을 이해는 하지만 그래도 학생으로서 가져야 하는 기본이 있는 건데 아예 기본도 안 한 거지. 해명보다는 깊이 반성하길 바란다.

대학 가기 전에는 주어진 대로만 따라하며 살다가 갑자기 권리와 선택이 많아져서 잠시 방종했던 거겠지. 복학하면 원상 복구하느라 많이 힘들 거 같다.

그건 그렇고 이렇게 쓰는 편지가 너에게 기쁨인지 부담인지 알려다오. 17일 쯤 전화할 수 있다니 그때 꼭 좀 말해다오. 전화하기 전에 못 다한 얘기 없도록 미리 메모하렴. 짧게 주어지는 귀한 시간 요긴하게 쓰자.

또 보자 아들, 사랑한다.

4주차 ▶ 5월 14일

5시 마감! 신데렐라도 아니고

 와, 늦었다! 헐레벌떡

일을 하다보니 시간이 벌써 이렇게 됐네. 5
시 전에 써야 네게 전달되는 걸로 알고 있는데 늦은 건 아
닌지 모르겠다. 하루의 고된 훈련 끝에 받는 이 엄마 편지
가 유일한 낙일 텐데 말이다.

매일이 단조로운 훈련소 생활에서 한줄기 단비 같은 시

간이 되면 좋겠다. 오늘은 어떤 얘기를 전할까 머리랑 가슴에 담았다가 쓴다. 원활하게 답장이 오고가는 상황이 아니라서 당분간은 일방적으로 내 얘기를 전하기만 해야 할 듯하다. 대답 없는 메아리라고나 할까.

5시면 엄마가 일하는 곳에서는 한참 일할 시간이라 오전이나 점심시간에 짬을 내어 써야지 자칫하면 시간 안에 못 쓰기 십상이다.

오늘 나의 하루를 너에게 전한다. 드디어 누나가 폭발했다. 이유는 없지. 공부가 뜻대로 안 되니 애먼 데 화풀이하는 듯하다. 자기 내키는 대로 속풀이하는 거지. 다른 애들은 더 지독하게 한다는 둥 자기 방에 큰 책상을 넣어달라는 둥 늦게 깨웠다는 둥. 뭐 걸리는 대로 야단이다.

더욱더 네가 보고 싶다. 우리 순둥이 아들. 네가 있다면 너랑 누나 흉보면서 스트레스 풀 텐데 말이지. 너는 어렸을 때 유난히 보채지도 않고 순했다. 조용하다 싶으면 보행기 위에서 잠들어 있기 일쑤고.

어렸을 적에 누나가 유난히 보채대서, 젖병만 물리면 울지도 않고 얌전히 누워 있는 너를 버려두고 누나만 업고 다녔단다. 네 뒤통수가 평평한 것은 그 탓이다. 입대 전에 짧게 깎은 모습을 보니 그다지 심하게 표가 나지는 않아 안도했다. 믿거나 말거나.

날씨가 많이 더워졌는데 그래도 잘 지내고 있지? 요즘 딸기가 한창이다. 딸기는 비타민 C의 여왕이다. 제철 생딸기를 그냥 먹기도 하고 딸기를 갈아 주스로도 먹고 먹다먹다 다 못 먹으면 달콤한 딸기쨈을 만들어 두고두고 먹고. 식사 때 딸기는 나오는지.

혹시 일과 후 저녁시간에 내무반에서 TV도 볼 수 있니? 너무 사정 모르는 한가한 소리만 하는 건 아닌가?

근데 이 편지가 네게 가기는 가는 건지 궁금하다. 잘 가겠지. 전달 완료라고 나오는데. 아침 저녁 드나들면서 너와 인사 나누듯 편지를 적고 있기는 하다.

학교 다닐 때 교문은 늘 열려 있는데 등교하고 나면 하교 시간 전까지는 그 열린 문으로 누구도 자기 멋대로 나가려 하지 않았다. 꼭 외출이 필요할 때는 담임샘 사인이 적힌 외출증을 받아들고 나갔지.

교칙이 그랬는지는 모르겠지만, 열려 있는 문이지만 학

생들은 마음대로 드나들지 않고 교칙을 준수했다. 너 있는 곳도 그렇겠지. 물론 초병이 있겠지만. 그곳의 규칙대로 일과를 마치고 아무 불평불만 없이 주어진 임무를 인내로 완수하는 너와 네 동료들 때문에 엄마는 오늘 하루도 안전하게 잘 지내고 있다.

고마워유, 군인 아들.

오늘 밤에 엄마랑 아빠 생각하면서 잠 들거라.

항상 너를 위해 기도하고 있단다. 또 쓰마.

부모님, 오늘은 5월 9일이야.

벌써 들어온 지 18일이나 지났어. 하루 종일 학과 때문에 바빠서 시간이 참 빨리 가는 것 같아.

이제는 이곳 생활에는 완벽히 적응했어. 어차피 정해진 기간 동안은 여기가 내가 살아야 하는 터전이기도 해서 무조건 적응하는 데 집중하기로 마음먹었지. 이전 생활과는 환경이 많이 다르지만 규칙적인 일정대로 따라가다 보면 몸은 좀 고되도 마음만은 편해. 심적으로 갈등할 일이 없으니까.

처음엔 밤에 잘 못 잤는데, 이제는 피곤해서 눕자마자 잠들어 버려서 깨고 나면 아침이야.

아침에 일찍 일어나면 스트레스 받고 짜증날 줄 알았는데 오히려 기분이 상쾌하고 일어나는 데에 거부감이 없어. 하지만 점심 먹고 나면 너무 졸린 게 탈이야.

　여기 와서 갑자기 운동 심하게 해서 처음에는 몸살 나서 설사하고 중간에 목감기 걸려서 병원 소진 가기도 했지만 집에서처럼 밤 늦게까지 깨있지 않고 규칙적으로 생활하니까 이제는 완전히 다 나아서 엄청 건강해졌어. 그리고 저녁 먹기 전에 매일 구보 뛰어서 살이 쪽쪽 빠지고 있어.

　아!! 엄마 인터넷 편지 너~무 고마워.

　인터넷 편지는 오후 5시 전에 쓰면 그날 저녁에 바로 받을 수 있으니 혹시라도 급히 나에게 전할 말이 있으면 편지에 쓰면 바로 받을 수 있어.

　저녁마다 엄마 편지 받는 게 기쁨이야. 편지 받으면 기운 나서 잘 생활하고 있어. 5월 31일에 휴가 나가면 뭐 먹을지 계속 생각하고 지냈는데 엄마가 토다이 얘기 꺼내서 지금 거기 생각밖에 안 나. 매장 구조가 다 눈에 선할 정도야!!

양념치킨 너무 먹고 싶어. 그리고 엄마가 커피 이야기도 해서 커피도 마시고 싶다.

안경 벗고 사진 찍은 것은 가뜩이나 머리도 빡빡이라 어색한데 조금이라도 나아보이려고 그랬어.

같이 생활하는 동기들은 다 착하고 배려심이 많아서 지내기에 좋아.

전화하는 날 아빠한테 콜렉트콜_수신자 부담 전화 했는데 받지 못하더라구. 받는 법 좀 알려줘, 우리 아빠.

누나는 역시 열심히 공부중이네. 누나에게 신경 좀 많이 써줘. 시험일도 얼마 남지 않았고 이번에는 꼭 되겠다는 마음으로 최선을 다하고 있을 거야. 그 부담감 알 거 같아.

　여기는 새벽에 쌀쌀하고 점심에 덥고 저녁에 시원해. 오늘은 구름이 살짝 껴서 아주 시원한 날씨고 잘 지내고 있어.

　얼마 전에 화생방 훈련했는데 죽는 줄 알았어. 넘 힘들었어. 내 생애 최고의 위기상황이었다고 할까. 하지만 그 극한 상황에서 동료의 손을 잡고 버티는데 묘한 동지감과 안도감이 생기더라.

　화생방 이야기는 다음에 만나서 자세히 말해줄게.

　모두 건강히 잘 지내.

　_건강한 군인 아들 수영 씁니다

4주차 ▶ 5월 15일

왔어요 왔어~~~

 아들한테서 답장이 왔어요.

그동안 편지를 내내 쓰기는 했지만 제대로 전달이 됐는지 궁금했는데 오늘 네 답장을 보니 걱정이 한 방에 확 날아갔다. 역시 대한민국 국군은 최고라는 거 아니냐.

네가 4월 22일에 공군 훈련소에 입대하고 처음 2주간

 54

은 그곳에 적응하느라 그런 건지 일절 편지를 쓸 수가 없었다. 3주차가 되니 전화도 할 수 있고 인터넷 편지창이 열려서 네게 하고픈 말을 고백하듯이 일방적으로 쓰기는 했지만 네 글씨체가 또박또박 쓰인 편지를 받고 나니 이제서야 실감이 난다.

울 아들 훈련 잘 받고 있었구나!

아팠다니.ㅜㅜ 엄마한테 말도 안 하고 잘 견뎌내다니. 이제 어른 다 된 거 아녀? 늠름하게 잘 이겨냈으니 칭찬해 줄게. 칭찬!

네 편지를 받고 누나도 모처럼 함박웃음을 지었다. 아빠도 역시 자기 아들답다나 뭐라나. 네 편지를 너 본 듯이 돌려보고 또 돌려보았단다. 무려 두 장이나 빼곡하게. 힘들다는 말은 없이 잘 지낸다는 말만 썼더구나. 고맙다. 훈련 잘 받고 좋은 성적으로 자대배치 받으리라 믿는다.

시간 날 때마다 인터넷 부대 홈피에서 네 사진 찾아보는데 이번에 보니까 사진하고 사진 설명 한 줄 글쓰기가 짝이 안 맞는 것 같더라. 사진이 엉뚱한 데 있어. 똑똑한 엄마야 잘 찾아서 봤지만.

《

네 동료들도 모두 선하게 잘들 생겨서 서로 의지하면서 즐겁게 잘 지내는 거 같아 안심이다.

아들아, 너는 어떤 모습이라도 멋있고 잘생겼으니 안경 쓰고 찍어도 돼. 편하게 하렴. 어깨에 힘 좀 빼고. 네가 제일 힘이 많이 들어 있어 보여. 가족들이 사진을 보고 네 안부를 살피겠다 싶어서 의젓한 모습으로 보이려 애쓴 거 같아 더 애틋하다.

얼마 안 있으면 곧 보겠네. 지금 4시 넘어 들어오니까 벌써 전달 완료된 편지도 보인다. 마음이 정말 급하다. 일단 중략하고 내일은 더 쓰마.

아들, 편지 고마워.

오늘은 5월 12일 일요일이야.

역시 누나와 엄마의 글 차이는 엄청 심각하네. 누나는 초등학교를 갓 졸업한 학생이 쓴 듯한 문장 구조로 쓰고, 엄마가 쓴 편지 읽으면 무슨 소설 읽는 것 같은 기분이 들어. 역시 엄마가 늘 책을 가까이 하고 읽으니까 편지 쓰는 솜씨도 좋은 듯.

일주일 전부터 양념치킨이 계속 먹고 싶어. 바람결에 치킨 냄새가 묻어오는 것도 같고.

여기서는 비 오면 공치는 날은 아니지만, 야외수업이 많기 때문에 땡볕에서 수업 받는 것보다 훨씬 편하다고 할 수 있어. 비 오면 엄청 큰 텐트에서 수업 받아.

엄마가 반공일 이야기했는데 우리도 토요일에는 오전수

업만 받고 오후에는 수업이 없어. 대신에 총기 청소하든가 햇볕에 이불 말리는 등 평일에는 하지 못한 일들을 하면서 보내. 아예 자유는 아니야. 그래도 주말에는 서너 시간 여유 시간은 있어.

수료식까지 18일 정도 남았는데 지금은 이곳 생활에 적응해서 편해졌어. 특히 우리 호실 동기들이 배려심 많고 재밌고 친하게 잘 지내서 더욱 좋아.

매주 일요일마다 종교 예배 참석할 수 있는데 교회 예배랑 불교 법당에 한 번씩 갔어. 다음주에는 성당 가보려고.

목욕 매일하고 빨래도 하고 싶을 때 아무 때나 가능하고. 팔굽혀펴기랑 윗몸일으키기 매일 저녁 시간마다 하고 있어. 훈련이 아니어도 땀 흘리는 게 좋아. 잡념도 안 생기고.

진짜 잘 지낸다. 몸도 건강해진 것 같고.

어제는 헌혈하고 초코파이 세 개 먹었어. 몽쉘도 너무 먹고 싶다.

평일엔 편지 쓸 시간이 별로 없어서 주말에 거의 쓰는데 이전에 하나 보냈는데 아직도 도착 안 했나 보네.

예전에 군대 먼저 간 친구가 보내온 편지를 읽고 답장을 안 한 게 후회가 돼. 군생활에서 편지는 외부와 소통할 수 있는 유일한 수단인데 그때는 내가 잘 몰라서. 요즘은 편지 읽는 게 제일 재미있어. 암튼 엄마 편지 잘 읽고 있어.

수료일이 한참 남아 있는데 벌써부터 그날만 기다려진다. 5월 31일에 수료야. KTX 타고 집에 가는 게 가장 편할 것 같은데, 공군 교육사령부에서 기차역이 가까운지 고속버스터미

널이 가까운지 알려줘.

아빠랑 누나에게도 안부 전해줘.

부모님 보고 싶은데 이제 얼마 안 남았다.

곧 만나겠지?

_든든한 아들 수영 보냅니다

4주차 ▶ 5월 16일

칭찬은 엄마도 춤추게 한다

어제 두 번째 편지를 받았다.

모두 잘 도착했다. 첫 줄부터 펼쳐지는 칭찬의 향연에 앞으로 한 달은 밥 안 먹어도 배부를 듯.

사실 작문 실력은 누나랑은 애시당초 비교가 안 되는 거였지. 독서 경력 50년이다. 태어날 때부터 책을 들고 나왔다고나 할까. 내 독서 취미가 가장 빛나는 순간이었어.

아들 칭찬도 너무 기분 좋다.

네가 학교 다닐 때는 책을 많이 읽고 글도 곧잘 쓰긴 했는데 입시 부담 때문인지, 어느 샌가부터 아예 안 쓰더구나. 우리 나라 입시 위주 교육의 가장 큰 손실이라고도 할 수 있지.

글쓰기는 생각을 정리하는 가장 좋은 방법이야. 머릿속에서 끊임없이 떠올랐다 사라지는 생각을 짧은 메모로라도 잡아둔다면 후에 큰 자산이 될 수도 있어.

머릿속에 떠오르는 생각들을 정리하면 쓸모 있는 무엇이 될 수도 있지만 머릿속에만 두면 네 것도 되지 않고 그냥 사라져 버린다.

사실 입대한 뒤 네 생각하면서 일기라도 쓸까 생각했었다. 군대 보내 놓고 쓰는 육아일기가 되겠지. 인터넷 편지를 할 수 있다는 걸 알게 되어서 여기다 하면 되겠구나 하고 다행스럽게 생각하고 있었단다.

사는 게 바쁘기도 하고 한집에서 아침 저녁 부대끼며 살 때는 몰랐는데 이렇게 떨어져 있으니 여러 모로 네 생각이 많이 난다.

오늘 날씨가 엄청 덥다. 점심 먹으러 갔다가 더위까지 왕창 먹었다. 주말에는 32도까지 올라간다고 하더라.

네 친한 동네 친구 이름이 생각 안 난다. 휴가 나올 때 맞춰서 미리 연락해서 그날 함께 밥 먹자고 할게. 친구들도 보고 싶을 테니. 식구들은 집에서 보면 되니 먼저 친구들이랑 회포를 풀렴.

네가 많이 머물던 와플 PC방도 궁금하지? 손꾸락이 녹슬지 않았나 몰라. 오락하는 데 지장 없게 마사지 충분히 해두렴.

수료도 보름 정도 남았네. 어제 입대한 거 같은데 금방이네. 금방이라고 하면 서운하겠다. 군대에서의 시간은 더디게 흘렀을 텐데.

참, 거꾸로 매달아도 국방부 시계는 돌아간다던데 정확한 의미를 모르겠다. 지루한 군대에서의 시간, 절대 올 것 같지 않은 제대의 순간은 어떤 상황에서도 온다. 이런 뜻인가. 현역 군인인 네가 실제 경험을 바탕으로 알려다오.

혹시 책 보고 싶은 거 있으면 다음 편지에 알려다오. 엄마가 구해다 놓으마. 그곳에서 책 보면서 어릴 적 네 모습

으로 업그레이드 시키렴. 빽 투 더 스쿨Back To The School인
가? ㅎㅎ

아무튼 네가 잘 훈련 받고 있는 덕분에 우리는, 사회는,
대한민국은 무탈하게 잘 돌아간다.

사실은 무탈하게 잘 지내고 있다는 소식이 제일 고맙단
다. 좋다고까지야 말하지 못하겠지. 바깥에 있는 가족들이
걱정할까봐 상투적으로 잘 지내고 있다고 하는 것 같기도
하고.

사회에서 경험하지 못한 힘든 훈련을 같이 해내고 있는
동기들이 배려심 많고 사이가 좋다니 금상첨화다.

너도 항상 동기 먼저 배려하고, 양보하면서 지내거라.
네가 먼저 잘해야 동기들도 너에게 잘하게 된단다. 세상에
일방적인 건 없어. 지금 너에게 가장 소중한 사람은 같이
지내고 있는 동기들이라는 거 잊지 말고.

즐겨찾기

 누나가 7시에 학교 태워달라고 하는 바람에 덩달아 일찍 출근했다. 누나 보내고 일 시작하니 9시다. 평소 같으면 집에서 밍기적거릴 시간이지. 일찍 움직이니까 아침이 여유롭다.

인터넷 창에서 네게 편지 쓰는 곳을 즐겨찾기 해놨다. 쓰다 보니 이런 기능도 있네. 다음부터는 여러 경로 거치지 않고 바로 접속할 수 있겠다.

어떤 엄마들은 끼니때마다 입대한 아들 밥을 퍼서 꼭 챙겨둔다는데 난 가족 모두의 끼니가 매번 걱정이다. 가족 중 하나가 빠지니 굳이 맛있는 거 하고 싶지도 않고 저녁에 집에 가면 피곤하다는 핑계로 대충 밥 먹으면 바로 잔다. 자다가 누나 올 때 일어나기도 하고 아침까지 내처 자기도 하고 잠의 수렁에 빠진 듯하다.

네가 없으니 아들 골리는 재미도 없고 야단치는 맛도 없고 사는 게 그냥 심드렁하다. 너 있을 때는 몰랐는데 네가 없으니 비로소 너의 가치를 발견했다고나 할까?

엄마가 그동안 너무 밀어붙이지는 않았는지. 너에게 너무 많은 걸 요구한 건 아닌지. 어차피 한세상 사는 건데, 네 멋대로 하고 싶은 대로 하며 세상 살라고 했어야 했는데, 내 욕심만 너무 부린 건 아닌지. 내 욕심으로만 너를 움직인 건 아닌가 하는 반성을 새삼 해본다.

어느 정도는 자율로 두어도 좋았을 텐데 세세한 것까지 일일이 간섭하고 너를 조종한 것 같기도 하고. 조금 돌아가더라도 한두 번 실패하더라도 본인이 직접 선택하고 결정하게 했어야 하는데.

변명을 한다면 나도 특별한 준비 없이 어느새 엄마가 되었고, 엄마 노릇은 처음이라 서툴기 그지없었지. 당시에는 그게 꼭 필요하고 당장 해야만 하는 일이라고 생각했단다. 엄마 노릇은 제대로 하고 있는 건지. 새삼 부모의 역할에 대한 부담이 밀려온다.

이제껏 살아오면서 얻은 진리 한 토막 네게 전수하마. 매사에 감사하라는 것. 오늘 날씨 좋은 거. 군대 가서 튼튼해지게 된 것. 좋은 동료들을 만나게 된 것. 우리처럼 멋진 (?) 부모 만난 것, 성질 사나운 누나 만나 다른 사람들의 좋은 성격을 알아보게 된 것 등등.

생각해보면 모두 다 감사할 일들이다. 너무 꼰대 같은 생각이라고 여기지는 말아다오.

엄마 때도 꼰대는 있었단다. ㅎㅎ

원시시대 알타미라 벽화에도 "요즘 애들 버릇없다"고 쓰여 있다고 하던데, 요즘 애들과 꼰대와의 갈등은 세대마다 무한 반복하는 거 같다. 원시시대에는 글이 없었을 테니 아마도 거기 그려진 문양을 해독하니 그런 뜻이었다고 풀이하는 거 같다.

오늘은 하루 종일 네 전화를 기다리고 있다. 단 1초도 놓치지 않으려 배터리 빵빵하게 충전해서.

늘 꼼꼼하고 진지한 우리 아들. 그곳에서도 네 위치를 잘 지키고 있으리라 믿는다. 또 너로 인해 그곳의 모두가 즐거우리라 생각해.

이따 통화하자.

좋은 세상이다

 후후, 심호흡 한번 하고.
좀 전에 폰으로 편지 쓴 거 다 날아갔다.
이런 젠장. ㅠ

내가 매일 너에게 편지 쓰는 마음은 산부인과에서 널 낳고 몸조리할 때 널 보러 가는 마음과 같다. 그때는 아가들은 아가방에서 간호사들이 돌보고, 엄마들은 병실에서

따로 있으면서 하루 몇 번 정해진 시간에 아가를 보러 갔
다. 그러면 간호사가 너를 안고 와서 창을 통해 보여줬다.

유리창을 사이에 두고 보는 거지만 널 보러 가면 간호
사가 안고 와야 하니 그 참에 아가 침대에 누워 있는 너에
게 한 번이라도 더 따뜻한 손길이 닿으니까 다소 몸이 불편
했지만 시간에 맞춰 매번 보러 갔단다.

〈어린 왕자〉에서처럼 너를 보러 간다는 생각만으로도
기분이 좋아졌다.

네가 오후 네 시에 온다면
나는 세 시부터 행복해질 거야
_어린 왕자

널 보러 가는 게 기쁨이기도 했고. 면회 시간만 기다렸
다고 하는 게 맞을 거 같다. 지금 이렇게 매일 편지 쓰는 마
음이 그때랑 똑같다.

훈련을 마치고 들어오는 너를 엄마 대신 편지가 맞아주
는 거지. 엄마 본 듯이 네게 작은 위로가 됐으면 좋겠다.

세상의 엄마들은 다 같은 마음일 거다. 엄마가 워킹맘이라 집 열쇠를 목에 걸고 다니면서 매일 학교 마치고 아무도 없는 텅 빈 집에 들어오는 네게 늘 미안했다.

언젠가 일을 마치고 저녁에 집에 돌아오니 현관문이 활짝 열려 있어서 깜짝 놀랐었지. 네가 학원 시간에 늦어서 서둘러 나가느라 미처 닫지 못하고 간 거였어. 오직 학원에 늦지 않으려는 생각으로 무조건 직진한 거지. 학원 버스를 놓쳤을 때 학원까지의 서너 정거장 거리를 달려간 것은 유명했지. 대개는 버스 놓쳤으니 하루 수업 빠지기를 바라곤 했는데.

참, 네가 시계를 볼 줄 몰라서 두 팔을 위로 옆으로 벌리고_아마도 3시를 알려주려 했을 듯하다 시계 바늘이 이 모양이 되면 학원 버스를 타러 나가라고 일러주었던 생각도 난다. 시계 읽는 거 사실 어렵다. 나도 어린 시절에 힘들게 배운 기억이 난다.

한글도 좀 늦게 깨우쳤다. 한글, 음 쉽지 않지. 네가 체격도 크고 생일도 빨라서 7살에 초등학교 보내려고 했는데, 글을 잘 못 읽는 바람에, 여기까지 말하마.

한 가지 더, 새로 학원에 가게 되면 학원 교육비랑 교육 횟수를 물어서 한 회 수업비가 얼마, 하고 바로 그 자리에서 계산했었어. 학원비를 계산하니 빠지게 되면 그만큼 손해본다는 생각이었는지 빠지는 일도 거의 없었고.

인생은 더러 손해도 보고 살아야지 늘 이익만 내려고 하면 빡빡하지 않겠어?

네가 덩치가 커지고 성인이 되었지만 엄마 마음에는 아직 어린 아이 같기만 하다. 어릴 때는 집에서 엄마랑 가족이랑 함께 보내는 시간이 대부분이었는데, 이제는 세상 밖으로 당당히 걸어나가 네 영역을 만들고 있구나. 이제부터의 세상은 온전히 너의 것이 될 거야.

폰으로 쓴 글이 또 날아갈까 걱정된다.

내일 또 쓸게. 총총.

4주차 ▶ 5월 19일

차분하고 서늘한 휴일이다

 오늘은 천주교 성당에 가본다고 했지.

소문대로 초코파이는 먹었는지. 어제 900자
꽉 채워서 썼는데 업로드가 실패하면서 다 날아갔다.

21세기 첨단 세상에 어째 이런 일이 있는지. 네가 활개
를 치고 살 세상에서는 이런 오류도 다 해결해다오.

오랜 만에 한가한 주말을 보냈다. 비가 오려는지, 온 끝

 74

이라서 그런지, 날이 흐리지만 가벼운 등산이라도 하고 싶다.

너 어렸을 적 마니산 등산 갔을 때 눈이 많이 왔었다. 엄마가 신고 갔던 신발이 신통치 않아 보였던지 네 신발을 벗어 나를 주고 너는 네 치수보다 작은 엄마 신발을 끌고 거의 맨발로 내려오다시피 했는데 기억나니?

그때 어린 나이에도 불구하고 엄마를 위해 희생하는 네가 기특하고 고마웠다. 물론 제대로 갖추지 않고 겨울 산행을 나서서 다른 사람에게 피해를 준 걸 깊이 후회했지.

누나가 없었던 걸 보니 초등 6학년이나 중학생 때인 거 같다. 그때 그 눈 쌓인 산 속이 늘 가슴에 남아 있다. 넌 그렇게 무식하게 용감했어. 속도 깊고.

네가 없으니 맥없이 너와 함께 했던 시간들을 반추하게 된다. 보고 싶고 그리운 마음을 달래려고 말이야. 너를 찬찬히 생각할 수 있어 좋기도 하다.

누나가 대학에 진학한 뒤 20대를 보내는 걸 보면서 나의 20대를 다시 생각하게 되더구나. 아, 그때 나는 이랬었는데 지금 세대들은 이렇구나 하면서 말이지.

　내가 스무 살에 즐겨 듣던 노래를 누나도 좋아하는 걸 보니 노래 자체가 명곡인 건지, 아니면 유전자가 대물림돼서 그런 건지 판단이 쉽지 않다.

　엄마들이 딸과 함께 스무 살을 다시 살아낸다고 하면 군대 간 아들의 모습을 보는 아버지의 마음도 이와 크게 다를 것 같지 않다. 다만 표현을 안 할 뿐인 듯.

　지난 겨울에 운동을 해서인지 살이 좀 내렸단다. 누나보다 약간 날씬해졌어. 누나는 시험이 임박해 비상이 걸렸지만, 어쩌겠어, 시험 끝날 때까진 참아야지. 자신이 선택한 일이니 끝까지 좌절하지 않고 잘 끝내길 바랄 뿐이다.

　그나마 체력이 좋아서 어젯밤 12시에 들어오고도 오늘 새벽부터 학원에 갔다. 지하철에서 책 본다고 차도 안 얻어 타고 말이지. 정말 딱 두 달 남았어. 내가 다 떨려.

　어제는 누나방에 큰 책상 넣어달라고 해서 그거 정리하느라 아빠랑 고생 좀 했다. 6월부터는 학교 왔다갔다하는 시간도 아깝다고 집에서 공부한대. 나는 모든 일을 폐하고 누나 밥만 해줄 판이야.

　6월부터는 너도 사이사이 주말 휴가를 나오겠지. 우리

 76

힘을 합해 누나에게 기를 몰아주자.

아빠는 어디 등산이라도 가고 싶어서 아침부터 부산스럽다. 나도 틈날 때마다 운동해야지. 너 군복무 잘 마치면 우리 가족 행복하게 사는 일만 남았다.

참 사촌형이 입대 전에 몸보신 시켜줬다고 한 삼계탕집에 우리도 가봤어. 맛이 괜찮더군. 근데 가격이 후덜덜하더구나.

아들, 주말에 시간 나면 편지 쓰렴. 그 편지가 우리를 기쁘게 하고 너 본 듯이 돌려보고 있단다.

내일 또 쓰마. 비 오는 일요일이다.

5주차
구릿빛 건강미 철철

5주차 ▶ 5월 20일

귀가 간지럽지는 않은지

 출근길에 누나가 너 얘길 많이 하더구나.

벌써 훈련이 다 끝나간다느니, 엄마가 대충 키워도 알아서 잘 큰 아이라느니, 정신 상태가 바르다느니, 아침 내내 네 타령하더라. 가족들도 띄엄띄엄 보면 장점이 더 잘 보이는 듯하다.

몹시 보고파서 그랬을 테지만 시험의 압박감에서 벗어

 80

나려 아무 말이나 한 건지도. 누나가 그리 살뜰히 너를 챙기는 편은 아니잖아.

우리는 네가 없어도 항상 네 생각하면서 네가 곁에 있는 듯이 지내고 있다.

부탁한 거는 다 사놨다. 하이테크 볼펜 두 자루, 선크림 두 개. 맞지? 금방이라도 네가 문을 열고 들어올 거 같아서 말이지.

주말에는 야외훈련이 많으니 격려 편지 주라는 소대장님의 자상한 문자 받았다. 그런데 소대장님 문자에는 답문 안 드려도 되지? 오히려 하는 게 짐이 될 거 같아 꿀떡꿀떡 받기만 하는데 누나는 답장해야 하는 거 아니냐구. 예의 바르기두 하지.

차편은 알아봤는데 무료표 이용하려면 KTX 좌석표는 당일 서울역에 나가서 해야 된대. 입석은 대부분 자리가 있다네. 시간은 1시 45분에 타면 5시경에 진주 도착. 고속버스는 30분 간격으로 있는데 아무래도 정확하게 움직이는 열차 타고 복귀하는 게 좋을 듯해.

아들아, 너 두 돌 무렵, 애니메이션 영화 〈라이언 킹〉에서 무파사가 절벽에서 떨어져 죽는 모습을 보고 막 울었단다. 어찌나 서럽게 울던지, 어린 것이 내용 파악도 안 됐을텐데. 무슨 뜻인지 알고 그랬는지. 아마도 음악이랑 분위기상으로 슬픈 장면으로 인식한 듯하다만.

평화로운 프라이랜드의 왕, 무파사의 자리를 차지하고자 야심과 욕망이 가득 찬 스카는 무파사를 절벽 아래로 떨어뜨려버리고 무파사의 아들 주인공 심바는 왕국에서 쫓겨나게 되지. 다시 봐도 그 장면은 명장면이기는 하다.

초등학교 때는 갑자기 네 방에서 펑펑 울면서 나왔어. 〈박사가 사랑한 수식〉을 읽고 박사가 너무 불쌍하다고 하면서.

천재적인 수학자였으나 교통사고를 당한 뒤 기억이 80분밖에 지속되지 않는, 기억력 장애가 있는 노 수학자의 이야기지. 바로바로 잊어버리는 병 때문에 꼭 기억해야 할 것들을 메모로 남겨 옷에 덕지덕지 붙이고 다니는 박사가 불쌍하다고. 나도 그 책을 읽었는데 도무지 어느 포인트에서 울어야 할지 모르겠더만. 그렇게까지 눈물샘을 자극하지는 않았는데.

나중에 영화로도 만들어졌다고 하는데 한번 찾아서 봐야겠다. 너는 책이나 영화 이야기를 맛깔나게 하는 재주가 있지. 네 이야기를 듣고 나면 한번쯤 직접 보고 싶어져.

그때 잠깐 생각했었다. 감성이 풍부한 우리 아들이 한국의 스필버그가 되겠구나, 했는데 그냥 영화 좋아하는 아이로 남고 말았네.

하지만 인생은 길고도 길다. 네가 무엇으로 변신할지는 너도 모른다. 너 하고 싶은 것은 겁내지 않고 시도하면 좋겠다.

다음 주면 보겠구나. 턱이 각져서 돌아오겠지? 구릿빛으로 건강미 철철 흐르고.

내일 또 쓰마. 잘 지내거라.

마감 시간이 지나버렸으니

 오늘은 하루종일 이동하느라 편지 쓸 타임을 놓쳤다. 오후에는 일이 밀려서 아직도 이동 중이다. 아까 지하철에서 버블게임만 안 했어도, 스누피 게임만 안 했어도, 충분히 네게 편지를 쓰고도 남았을 텐데.

요기서도 교훈을 얻을 수 있으니 게으른 나그네 석양에 바쁘다고.

 84

나는 일을 할 때면 우선순위를 정하는데, 하고 싶은 일과 해야 하는 일이 있다면 해야 할 일을 먼저 한다. 해야 할 일은 다른 사람과 연관되거나 돈이 관계된 일이 대부분이라 미루면 안 되니까. 내가 일을 안 하거나 시간을 늦춘다면 바로 다음 사람에게 피해가 가기 때문이지.

그런 일 중에서도 하기 쉬운 일과 까다로운 일 중에서는 보통 까다롭고 힘든 일을 먼저 해버린다. 까다로운 일을 머리에 품고 있는 것은 육체적으로나 심적으로 많이 괴롭기 때문이다.

하고 싶은 일은 주로 현실과는 관계없이 꿈꿔 왔던 일들이다. 취미나 희망하는 일이 되겠지. 내게 주어진 시간이 한계가 있다 보니 하고 싶은 일들은 늘 순위에서 밀리기 일쑤고 가끔은 내가 무엇을 하고 싶었는지도 잊을 때가 많다. 그냥 그렇다구.

오늘 에미가 점 찍고 나간 것으로 만족해라.

너무나 한결같이 성실하면 인간미가 없잖아. 좀 빈 구석이 있어야지. 바이바이.

참 주말에 편지 안 썼나 보네. 우편함이 비었구만.

5주차 ▶ 5월 22일

너에게 묻는다

누나가 물어보래.

왜 그 비싼 하이테크 빨간색 볼펜이 필요한
지를. 답해주기 바란다. 이름도 어렵네. 그냥 빨간 볼펜은
안 되는 건가. 집에 몇 개 굴러다니던데.

요즘은 필기도구가 흔하다 보니 책상 속에 쓰다 만 볼
펜들이 그득하다. 쓰임이 남았으니 차마 버리지는 못하고 새로운 기능을 장착한 것들은 유혹을 해대니 어쩔 수 없는 현상이기도 하다. 새 도구를 장만하면 아무래도 예전 거는 더 안 찾게 마련이다.

엄마 때는 볼펜 몸통에 몽당연필 끼워서 썼다고 하면 너무 고리타분하게 들릴까. 그때는 그것도 귀하게 여겼다. 좋은 만년필 하나 소장하는 것이 꿈이었단다. 요즘은 필기할 일이 많이 줄어서 글씨체도 잘 안 잡힌다고 하더구나.

누나는 오늘 집에서 공부하고 있다. 그래서 나도 밥순이로 대기중이다. 방금 탱탱 새우 넣고 김치 넣고 치즈 넣고 볶음밥 해먹었다. 배가 부르니 만사가 다 오케이다.

세상에서 밥하는 게 제일 어렵다. 매일 3번씩 먹어야 하고 같은 반찬이 계속 올라오면 물린다 하고, 식구들의 식성도 배려해야 하고, 제철 재료로 골고루 너무 식비가 많이 들지 않게.

우리나라 음식은 어렵다. 특히 나물이 은근히 손이 많이 간다. 제철에 나는 갖가지 나물을 다듬고 씻고 삶아서 무쳐 내면 달랑 한 접시다. 샐러드 같은 것은 씻어서 소스만 뿌리면 되는데.

학교가 요즘 축제중이라 엄청 소란스럽다고 누나가 당분간 집에서 공부하는 바람에 나는 망했다. 귀찮아 죽겠다. 덕분에 TV도 그림만 봐야 할 듯하다. 신경이 곤두서 있는 탓인지 걸어다니는 소리도 거슬린다고 하고, 선풍기도 무풍으로 바꿔달라고 하고.

집 안팎에서 공사 소음이 심하다. 잡상인 물건 파는 소리도 들리고 말이지. 모두들 무언가를 하면서 열심히 살고 있는 듯하다. 〈일요일이 다 가는 소리〉 노랫가사처럼 오늘은 밖에서 들려오는 소리들이 그냥 무심하지가 않다.

일요일이 다 가는 소리
아쉬움이 쌓이는 소리
내 마음 무거워지는 소리……

군대 밥은 어떤지. 네가 뭐든지 잘 먹었었나? 그건 아니었지. 은근히 입맛이 까다로웠는데, 시장이 반찬이라고 거기서는 잘 먹고 있겠지? 네 입에 맞는 것을 먹을 수 없다면 네가 거기에 길들여지는 게 낫겠다.

어려서는 피자랑 치킨도 직접 만들어서 먹였는데 좀 커서는 집에서 밥 먹는 시간이 거의 없었지. 아침은 거르기 십상이고 점심은 급식, 저녁은 학원 근처에서 매식하고. 고등학교 때는 정말 잠들기 직전까지 밥을 먹었던 거 같다. 학원 마치고 들어오는 밤 늦은 시간에도 치킨을 외치곤 했으니. 그때는 몸무게가 거의 100kg에 육박했었다.

어제는 5월 날씨답지 않게 엄청 추웠다. 반팔로 다니다가 얼어죽을 뻔했다. 아빠는 연골이 아프다고 병원 타령이다. 무릎 수술한 지 5년이 다 돼 간다. 그래도 누가 네 아빠를 쉰 살로 보겠어. 40대로 봐도 무방한데 말이지. 자기 몸 잘 챙기고 관리해서인 것 같다.

날 좋은 날엔 훈련도 재미로 느껴지지 않을까.

누나가 옆에서 말이 두서가 없다고 핀잔이다. 정말 귀찮아 죽겠다. 너는 말이라도 재미있게 하는데 말이지. 얘는 유머라고는 약에 쓰려고 해도 찾을 수 없으니.ㅋㅋ

바이, 낼 또 쓰마.

5주차 ▶ 5월 23일

일주일 후에 만나자

 벌써 수료가 코 앞이다.

네가 들으면 "벌써라니?" 하며 서운해 하겠
지만. 세월이 유수 같다고나 할까? 물 흐르듯이 거침없이
빠르게 지나간다는 말이다.

누나가 많이 보고 싶어한다. 자기가 서시_중국 월나라 미인
얼굴을 찌푸려도 미인이어서 사람들이 따라했다고 함도 아니면서 요즘

90

계속 얼굴 찌푸리고 다니더니 아마도 스트레스 풀 대상이 필요한 듯하다.

어제는 네게 쓴 편지들을 검색해 보더니 여러 군데서 빵빵 터지더구나. 아마 너도 같은 곳에서 터졌을 듯하다. 우리만이 공감할 수 있는 포인트겠지.

그런데 누나는 읽으면서 무슨 말인지 몰라 자꾸 묻는다. 이거 무슨 뜻이야, 이러면서 말이지. 이과생의 한계다. 너는 그러지 않겠지.

어제 마감 지나서 쓴 글도 네게 전달됐다고 나오는데 받았겠지? 네가 비워두고 간 이 바깥 세상은 여러 가지 사건 사고가 많다. 하지만 우리에게 가까이 와 닿는 소식은 없다.

우리는 네 덕분에 잘 지내고 있다. 꼬맹이가 자라 이렇게 늠름한 군인이 됐다니. 역시 사람이 제일 귀하다.

네가 입대 전 주차 보조 알바 했던 롯데백화점에 갈 때마다 주차요원들이 범상치 않아 보이더니, 이제는 길에서 군복 입은 애들만 봐도 가슴이 먹먹하다. 너 본 듯이 서서 마냥 바라볼 때도 있다.

≪

엄마 초등학교_그때는 국민학교 때는 수업시간에 군인 아
저씨에게 정기적으로 위문 편지를 썼다.

수업시간에 전교생 모두가 거의 비슷한, 그렇고 그런
내용이 들어가는, 군인 아저씨가 나라를 지켜주는 덕분에
우리는 편안하게 공부 잘하고 있어요, 식의 내용이었지. 계
절이 바뀌어도 비슷한 문구로 어차피 불특정 다수에게 가
는 것이라 내용이 같아도 크게 상관이 없었을 것 같다.

어린 생각에도 그런 상투적이고 뻔한 내용의 편지가 군
복무 중에 있는 군인에게 위로가 되었을지 궁금했다. 그때
는 이렇게 인터넷도 없고 일일이 손편지가 오고갔을 시대
라 모르는 사람의 편지 한 통이라도 귀했을까.

그때 군인 아저씨란 말이 각인 되었는지, 내가 나이를
먹으면서 군인 아저씨가 군인 친구, 군인 동생, 군인 아들
로 상대적으로 호칭이 바뀌어도 여전히 군인 아저씨가 튀
어나온다.

네가 훈련받고 있는 그곳 진주, 유서 깊고 좋은 곳이라
는데 이곳 복잡한 서울보다는 공기도 맑고 여러 가지로 심
신 단련하기도 좋은 곳 같다.

〈진주 난봉가〉라는 민요에 진주 남강에 빨래하러 간다
는 구절이 나온다.

> 울도 담도 없는 집에 시집 간 지 삼년 만에
> 시어머니 하시는 말씀, 얘야 아가 며늘 아가
> 진주 낭군 오실 때에 진주 남강 빨래 가라

누나는 오늘은 동네 도서관으로 갔다. 세수도 안 하고
슬리퍼 찍찍 끌고서 말이다.

아들아, 주말에 꼭 편지해라. 참 나도 손 편지 한번 써
볼까? 엄마를 더 가깝게 느낄 수 있으려나. 오늘은 이만 쓰
마.

5주차 ▶ 5월 24일

가상 현실을 구상해 봤다

 안녕 아들아. 누나가 그런다.

"오늘도 써?"

"그럼. 매일 밥 먹는 거랑 같은 이치지."

너를 만나는 날이 다가올수록 설렘과 함께 약간의 두려움이 생긴다. 네가 반색하고 먹을 만한 것을 준비하고 싶은데, 그 사이 입맛이 변했을 수도 있고. 너를 위해 어떤 진수

 94

성찬을 마련해야 하나 등등.

엄마들은 늘 자식 입에 들어갈 밥이 제일 걱정이다. 옛날에는 먹을 것이 귀해서 그랬다는데 요즘처럼 천지에 먹을 것이 넘쳐나는 세상에는 애들 입맛 맞춰 먹이는 게 걱정이다.

휴가 나오는 2박 3일을 가상 설계해 봤다. 아마 그 중하나는 100% 싱크로율을 보일 거라고 본다.

우선 첫날은 예외 없이 한 아이템이다. 일단 우리 모두시푸드 레스토랑에 가서 전 메뉴를 싹쓸이한다. 물론 누나와 나는 그날을 위해 지금부터 절식하고 있다. 허리띠 구멍을 파내 가면서.

집에 오면 9시쯤 될 터인데 너는 곧바로 PC방으로 갈듯하다. 너 없이도 그동안 무사히 잘 돌아가고 있었을 것이다. 거기서 친구들을 불러 막 놀겠지. 귀가 시간은 그래도 군인답게 절도 있게 12시를 넘지 않으리라. 참 이때 외출의상은 어때? 군인 신분에 PC방 가도 되나?

둘째날은 여러 가지가 가능한데 첫째로 군인의 습성이몸에 배어 6시 기상해서 간단한 뜀걸음 운동까지 하고 아침 식사 후 바로 PC방행. 친구들 다 불러내기. 하루 종일 짱 박혀 게임하기, 용돈 1만 원 지참.

두 번째 설정은 영화에 목마른 네가 하루 종일 집에서 뒹굴며 온갖 비디오를 섭렵하는 거야. 혹 영화관 가서 최신 개봉 영화 한 편을 볼 수도 있고 말야. 요즘 좋은 영화는 잘 모르겠다. 이때도 어김없이 밤에는 PC방에 출근하겠지.

세 번째 시나리오는 말야, 네가 그동안 책에 목말라 엄청나게 독서를 할 거란 얘기지. 복귀 때 가져갈 책도 정리하면서 말이지. 하하, 이건 싱크로율 제로라구? 믿거나 말거나. 너 하기 나름이지.

귀대를 앞둔 마지막 날, 일요일이다. 이 날은 1시에는 서울역에 도착해야 하니. 역시 아침 기상은 6시. 간단한 체조 후에 아침을 먹고 부모님께 효도차 같이 등산을 한다. 그리고 남은 시간 석별의 정을 나눈다.

인생에 꼭 거쳐서 지나가는 단계가 있어. 전문용어로 통과의례라고 하지. 피해갈 수도 없고 건너뛸 수도 없는 시기들이다.

군대 가는 것, 어른이 되는 거, 부모가 되는 거에 시험이 있으면 좋겠다. 망상인가. 쉬운 거에만 익숙해져서 어려운 거 하기 싫어하는 요즘 세태 보고 잠깐 상상을 해봤다. 이런 시간도 금방 지나가겠지. 힘들어도 조금만 잘 견뎌보자.

　어쨌든 다음주로 다가왔구나. 너를 기다리는 이번주는 얼마나 더디 갈까. 건강하게 만나자.

　^^ 사랑한다.

의도된 고의

 하이, 어제 엄마 편지를 기다리다가 받지 못
하고 오늘 받았다면 이 편지는 기쁨이 두 배
가 되겠지? 지난 주말에 네 답장이 안 왔길래 날마다 편지
쓰는 내가 손해 보는 거 같아 한번 띄어 봤다.

　매일 편지 받는 것에 당연스레 길들여져 있다면 어제의
기다림이 더해져 두 배의 행복을 누리렴. 내리사랑이라는 말도 있는데 나는 아직 철이 안 든 엄만가 보다. 아들이랑 밀당이나 하고.

일부러 그런 것은 아니고 어쩌다 편지 쓸 시간을 놓쳐서 못 썼다. 매일 꾸준히 한다는 게 쉬운 일은 아닌 듯하다. 어떤 엄마들은 가족들을 총동원해서 편지를 두툼하게 끊이지 않게 보낸다고도 하는데, 미안하다. 나 쓰는 것도 벅차다. ㅎㅎ

오늘은 아침에 아들 맞이 청소 겸 장보기를 하고, 날은 엄청 더웠지만 운동 삼아 개화산에 올라왔다. 너에게 건강한 모습을 보여줘야 하니 말이다.

산에 들어가니 울창한 나무들 덕에 기온이 좀 떨어져서 서늘하다. 더위를 피해 산에 오른 사람들이 많다. 오를 때는 땀을 흘리며 숨찼지만 참고 올라 숲에 들어가면 다 보상받는 느낌이다. 시원함이 두 배고 만족감이 올라간다. 이 맛에 산을 오르는가 보다.

식구들 안부를 전하면 누나는 잘 있고 아빠는 더 잘 있다. 매일매일이 감사할 뿐이다.

지금 폰으로 쓰는데 날아갈까 걱정된다. 또 쓰마.

6주차
훈련병에서 이등병으로

6주차 ▶ 5월 27일

아주 익숙한 모습으로

 부대 홈페이지에서 5주차 호실 모습을 보니 이미 군대에 완전 적응한 듯 보인다. 여유 있게 잡은 포즈에서 귀차니즘도 약간 흘러나오고. 얼굴은 그다지 많이 타지 않은 거 같은데.

"곧 갈게요."

사진 아래 달랑 설명 한 줄은 뭐냐? 마지못해 쓴 듯한

한 줄. 다른 동료들 글을 보면 수료가 바로 코앞이어서 설레는 모습인데. 너는 덤덤한 건지 무감각한 건지. 영혼 없는 멘트 한 줄로 너의 전부를 파악하려는 나도 우습다. 잘 지내니 말이 없는 거겠지.

어쨌거나 시간은 사정없이 흘러 우리가 만날 날이 드디어 닥쳐 왔다. 짧은 시간이라 그런지 만나기 전부터 벌써 아쉽기만 하다. 그래도 1박 2일이 아닌 게 어디야.

아빠 시계는 잘 챙겨오너라. 네 방은 주인을 기다리며 단장을 마쳤다. 청소해 놨다는 말이다. 네가 두고 간 그대로다. 편한 티셔츠라도 사두려고 했는데 군인은 휴가 때도 군복 입어야 하는 거 같아서 생략했다.

누나는 여전히 아침마다 6시에 못 일어났다고 투덜대고, 아빠는 날마다 일찍 일어나 가벼운 산행으로 몸 관리하고 있다.

어제 미국 보잉사에서 근무했다는 할아버지를 뵈었다. 보잉사면 비행기 만드는 회사지. 보잉 747, 이런 비행기지.

82세인데 뉴욕과 시애틀에 살고 있다가 고국 나들이 나왔단다. 외모나 목소리나 나이가 의심스러울 만큼 정정

하고 쩌렁쩌렁하다.

〈인생칠십고래희_人生七十古來稀 사람이 칠십세를 살기는 드문 일이라는 뜻〉라고 일흔 살도 드문 세대에 여든이 넘어서도 왕성하게 활동하시더구나. 잘 나이 드신 것 같다. 우리나라에서 태어났지만 삶의 무대를 미국으로 선택하고 평생을 사셨단다.

그분 젊은 시절이라면 지금과 달리 외국에 대해 모든 것이 생소했을 텐데 과감히 도전하고 그곳에서 나름의 삶을 일궈낸 것이 존경스럽다.

세상은 넓고 할 일은 많은데 우리 아들이 살아갈 세상은 얼마나 가능성이 무궁무진할까. 매순간 만나는 소중한 인연도 귀히 여기며 살면 좋겠다.

어제 성남에 지하철을 타고 다녀왔다. 버스와 지하철을 두세 번 환승하며 왕복 3시간 걸리는 거리다. 너무 피곤했다. 비록 낡은 차지만 기름값 걱정 없이 끌고 다니는 이 현실을 얼마나 당연하게 여기고 살았는지 반성한다.

좋은 계절이고 좋은 세상이다. 며칠 전에 결혼기념일이 었는데 모르고 지나갔다.

해마다 5월이면 담장마다 빨갛게 올라오는 장미를 보고 알아채곤 했었는데 요며칠 날이 추워서인지 여유가 없어서인지 지나치고 말았구나.

이렇게 또 한 해가 쌓여간다.

곧 보자. 내 아들.

너를 만나기 78시간 전

 어제 종일 주룩주룩 비가 쏟아지더니 오늘은 갤지 말지 고민하느라 하늘이 잔뜩 내려앉았다. 휘핑크림 잔뜩 얹은 모카커피를 부르는 날씨다.

오늘 엄마 몸 상태는 그다지 별로이다. 왜냐면 아빠가 우리에게 회충약을 먹인 탓이다. 여기저기 몸이 쑤신다고 타령했더니 드디어 회충약에서 해답을 찾은 모양이다. 반

강제로 회충약을 먹었더니 열흘 묵은 숙변이 몰려와 아침부터 들락날락이다. 어디를? 알겠지?

누나는 자신은 회충이 있어야 살이 덜 찔 거 같다고 안 먹고 버티다가 요즘 슬럼프에 빠진 게 회충이 자신에게 올 영양분을 다 뺏어간 때문이라고 진단 내리고 결국 먹었다. 지금쯤 고생할 거 같다. 사실은 너 오면 같이 먹으려 했는데 너는 당분간 국가의 아들이니.

이렇게 우리는 너를 그리워하며, 널 생각하는 척하지만 사실 다 자기 몸 위하기 바쁘다. 불편한 진실이다.

우연히 네 초등 5학년 때 사진을 봤는데 볼살이 뽀얗고 통통하다. 유난히 피부가 하얘서 땀 흘리면 얼굴에 흐른 자국이 꼬질꼬질 남아 있곤 했었지. 지금은 피부는 꺼칠해지고 우락부락하게 변했지만.

이번 주말은 너와 함께 보낸다, 이거지. 얼마나 쏜살같이 지나갈까.

어젯밤에 비가 많이 오는데 잠시 이런 착각을 했다.

"아들 우산 갖고 나갔나? 비 오는데 어떻게 오지?"

미쳤나봐. 가족이란 게 뭔지.

누나는 너를 마중하기 위해 금요일에는 집에서 대기한다고 한다. 어제 모의시험에서는 모답_모범답안에 등극했다고 좋아하더라. 공부 열심히 하더니 드디어 경지에 오른 건가.

이럴 때는 꼭 합격 보증 수표를 받은 거 같긴 한데. 끝날 때까지 끝난 게 아니다. 찬물 끼얹는 거 절대 아님. 자식들 덕에 팔자 한번 펴보리라 하는 기대감이 하늘을 찌른다.

근데 아들 밥 먹어야지. 아무리 세상이 바뀌었어도 딸은 출가외인이라던데. 아들아, 네 덕 좀 보고 살면 안 되겠니?

내 어머니 시대처럼 아들은 든든하고 딸은 살림밑천이라는 생각이 안 드는 건 너무 자식을 귀하게만 여기고 좋은 것만 주려는 욕심은 아닌지.

아직까지는 어느 정도 경제활동을 하고 있지만 좀더 시간이 흘러 60살을 넘기면 별다른 여유 자금 없이 노후를 맞는다면. 흐흐 자식들에게 아쉬운 소리할까 봐 걱정이다.

걱정은 미리 당겨서 할 필요가 없는데······.

자장가가 입에서 맴돈다.

자장자장 우리애기 자장자장 우리애기
금자동아 은자동아 우리애기 잘도잔다
검둥개야 짖지마라 우리애기 잠을깰라
꼬꼬닭아 우지마라 우리애기 잠을깰라
멍멍개야 짖지마라 우리애기 잠을깰라
금을준들 너를사며 은을준들 너를사랴

지난 주말에 편지는 썼겠지? 곧 만나자.

6주차 ▶ 5월 29일

부추 부침개를 부치며

 네가 좋아하는 부추 부침개 준비해 놨다.

어릴 적 무척 좋아했는데. 시장에서 파는 부
추를 보고 "맛있겠다" 하고 입맛을 다시던 네가 생각난다.

부추를 씻어서 일정 크기로 잘라서 밀가루에 버무리해
서 후라이팬에 노릇하게 구워내야 먹음직스런 부추 부침개
가 되는데, 부추에서 부침개로 단순에 뛰어넘는 너의 먹성

이 대단했지. 엄마 따라서 시장갈 때니 아마도 초등학교 때 같다. 입맛은 여전하겠지? 비가 주룩주룩 내리면 더욱더 고소한 부침개가 생각이 난다.

외할머니도 자주 만들어 주셨다. 학교에서 돌아오면, 쨍하고 맑은 날엔 노른자가 샛노랗게 잘 삶겨진 달걀이 준비되어 있었고, 비 오는 날이면 재래식 부엌 아궁이에 허리를 구부리고 앉아 검정 후라이팬에 들기름을 넉넉히 두르고 김치 부침개를 부쳐 주셨다.

날이 맑거나 비가 오는 날이면 음식과 함께 어머니의 모습이 그리워진다. 네가 부침개를 좋아하는 것은 내가 즐겨 먹었기 때문인 듯하다. 입맛의 대물림이다.

어제 산에 갔는데 가물어서 먼지가 풀풀 났는데, 오늘 내리는 비가 나무들에게도 사람에게도 보약이 될 거다.

우리 6주 만에 만나는데 혹시 모습이 많이 변하지는 않았겠지. 일단 까무잡잡하게 잘 그을려 있을 거구. 날렵하게 턱선이 살아 있을 거구. 허리 벨트 두 구멍 정도 당기고. 그럼 혹시 장동건(?)을 찾으면 되남?

어쨌든 더딘 황소 걸음 시간도 흐르고 흘러 곧 만나게

되겠구나. 아침에 일어나면 하루가 길 거 같은데 점심 먹고 나면 하루가 금방 저문다.

오늘은 비도 오고 월요일이고 일도 많고 마음도 몸도 바쁘구나. 언제나 한가하게 네 생각에 빠져 있을까.

살살 장보기를 하는데 맘에 들어야 할 텐데 말이다. 오랜 만에 잠깐 만나는 아들 편하게 맛있게 맞이하고 싶다. 아빠가 옆에서 말이 많다.

이만 쓰마.

6주차 ▶ 5월 30일

보자보자 어디보자

 손가락도 만져보고 발가락도 만져보고 날렵한 콧매도 만져보고. 드디어 기다리고 기다리던 날이 다가왔구나.

하늘도 며칠째 찌푸렸던 얼굴을 활짝 펴고 널 만날 단장을 하고 있는 듯하다. 6주간 집을 떠나 자율을 잠시 내려두고 네 인내와 슬기를 시험한 6주를 무사히 마쳤으니 엄마가 상이라도 줘야 할 텐데 말이다.

　너와 며칠 지내려 요즘 열심히 일을 하다 보니 저녁에는 코 골며 잔다. 너도 집과 가족이 많이 그리웠으리라. 마지막까지 긴장의 끈을 놓지 말고 잘 마무리하고 오너라.

　누나는 내일 집에서 공부하며 대기하고 아빠는 저녁에 퇴근하고 합류하기로 했다.

　너 온다고 새벽에 수박이랑 참외랑 토마토를 잔뜩 사왔다. 저녁 식사는 갈비찜을 준비하마.

　길게 쓰느라 늦어지면 오늘 전달이 안 될까봐 이만 마무리하자.

　내일 보자 ^----^

자대배치
휴가 나온 마들은 언제나 외출중

꿀 같은 만남 뒤의 이별

아들~~~ 드디어 찾아왔네.

너 다녀가고 나서 편지를 못 쓰게 되니까 그렇게 허전하고 아쉽더니, 여기 이렇게 쓰는 곳이 있는 줄 모르고 말야. 훈련병일 때만 인터넷 편지를 쓸 수 있는 줄 알았지. 전화 안 했다면 여전히 모를 뻔했어.

자대 배치 받으면 생활이 좀더 안정감이 있겠구나. 집

에 다녀간 지 하루도 안 돼 벌써 이 에미가 보고 싶다니. 혹시 마마보이 아녀? 이놈의 인기는. 면회 오라고 하는 게 혹시 부대 밖으로 나와 콧바람 쐬고 싶어서 그런 거 아니지?

그런데 일이 좀 생겼다. 뭐냐면 엄마가 네가 귀대한 일요일 밤에 지하철역으로 누나 마중 나가다가 아파트 현관에 주차 금지용으로 둔 콘크리트 방지턱에 걸려서 제대로 넘어졌다. 약 1m는 붕 뜬 듯. 캄캄한 밤에 그런 걸림돌이 보일 리가 있겠니?

어쨌든 아픈 건 아픈 거고, 먼저 아픔을 무릅쓰고 역에서 기다리고 있을 누나를 급히 데리고 와서 보니, 공부한다고 핸드폰을 없애버려서 연락도 달리 할 수가 없었거든, 상처 부위가 엄청 심각한 거야. 바로 응급실 가서 무릎 찢어진 곳을 열 바늘 꿰맸다. 넘어지면서 새끼 발가락도 두 개나 골절이 됐단다.

그래서 깁스를 엄청나게 발목까지 하고 있다. 뭐 꿰매거나 골절된 곳은 처치를 했으니 낫기만 기다리면 될 테지만 그 동안 찔룩거리고 다니려니 영 죽겠다. 오래 서 있거나 앉아 있으면 다리가 붓고 말이지. 게다가 약이 독한지

메스껍기까지 하고, 흑흑. 평생 병원이랑 안 친하고 잘 지냈는데.

너를 보러 가야 할 텐데 지금 고민이 많다. 이런 부상은 처음이라 어찌 대응해야 할지 난감하다. 운전은 아빠가 하니 나는 타고 가면 그만인데, 무조건 달려갈 텐데 말이지. 가서 진주 남강 장어랑 그 유명한 육회 비빔밥도 먹고 싶은데.

교육 받는 건 어렵지 않은지. 수능 다시 본다고 매일 공부만 했으니 네 적성에 딱 맞는 거 아녀?

날씨가 많이 더워졌다. 더위는 추위와 달리 또 다른 인내를 요구한다. 6월이면 봄을 알리려 일찍 폈던 매화가 결실을 맺는다. 매실을 따서 매실청을 담그는 게 6월의 일이다. 여름에 시원한 음료로도 마시고 음식맛을 내는 양념이 되기도 하지. 너 또한 그곳에서 작은 결실을 맺으리라 본다. 사실 무사히 잘 지내는 것만도 네 임무는 다하는 거지.

생각, 생각을 많이 해라. 생각이 날아가기 전에 수첩이나 메모를 통해 잘 기록해라. 지금의 네가 네 미래를 만들 거야. 건강하고 튼실해져서 온 네가 믿음직해서 좋았다.

귀대하던 날 미리미리 준비해서 늦지 않게 간 것도 얼마나 대견스러운지 모르겠다. 사실은 당연한 건데 엄마는 물가에 놔둔 어린 아이처럼 모든 게 걱정이다. 다 자란 성인인데도 말이지. 지금 있는 곳에서 최선을 다해야지. 나이가 들면 노파심, 쓸데없는 걱정이 많아진다. 모든 것을 긍정적으로 받아들이고 자신에게 유용하게 만들도록 해봐. 오늘은 너무 교훈적으로 흘렀네.

누나는 네가 말도 잘하고 멋있어졌다고, 우리 동생 최고라고 난리다. 호들갑스럽긴. 다리가 아픈데도 계속 일을 했더니 오늘은 많이 힘에 부친다. 이제 쉬려 한다.

내일 또 쓰마.

사랑한다, 아들아~~^ _____^

자대배치 ▶ 6월 7일

좋은 날도 있고 궂은 날도 있고

엄마가 다리 다쳤다는 소식에 놀라지는 않았
는지. 안 좋은 소식은 가급적 전하지 않으려
하지만 좋은 날도 있고 궂은 날도 있는 게 일상이라 그대로
전할게.

사실 다친 정도로 보면 그다지 심하지는 않은데 철저하
게 비의료인, 환자의 시점이다. 발가락 두 개가 골절이다.

✉ 122

골절이 뭔 소린가 찾아보니 뼈가 부러진 것인데, 금 간 것도 골절이라 한단다.

무릎 부위에는 돌이 두 개나 박혀서 들어내고 꿰맸다. 파상풍 주사도 2개나 맞고. 병원비는 대부분은 보험 처리가 다 돼서 다행히 치료비 걱정은 없다.

어제 현충일 하루는 집에서 쉬고 오늘은 일한다. 날씨가 너무 더워 집에 있는 게 더 고역이다. 일하는 곳은 에어컨 덕에 시원하니 말이다. 그래서 말인데, 공지사항 보니 일요일 하루 면회가 가능하다 하니 이번주는 패스하고 다음 주에 보자.

당장이라도 보고 싶은 마음이야 어디 비할 데 없지만 가지 못하는 내 마음 알겠지? 역지사지 심정으로 항상 생각하도록.

마음 같아서는 비행기 타고 금방이라도 날아가고 싶은데, 차가 없으면 거기서 이동하기 불편하니 아빠랑 자동차로 가도록 해야지. 너무 서두르다간 일을 망칠 수도 있겠다 싶다. 급할수록 돌아가라고 했다. 냉정하게 찬찬히.

우리는 네 몸만 건강하면 된다. 그곳에서 일과 후 개인 시간에 틈틈이 수능 준비를 한다고 하니 좀 걱정이 되긴 하지만. 네 자신을 돌아보는 계기가 된 것 같아 한편으론 다행스럽다.

공부 너무 열심히 해서 전국 일등 이런 거 하지 마. 쑥스럽잖아. 하하. 조급해 하지 말고 네 속도로 가거라.

마지막으로 연예통신이다. 이민정하고 이병헌은 곧 결혼한단다. 연예통신은 누나가 빠꼼한데 지금 바쁘니 내가 보이는 대로 전하마. 누나는 어젯밤에는 배가 아프다고 끙끙대다 자더니, 아침에도 그다지 밝은 표정은 아니지만 학교로 갔다.

아프기도 하고 그런 것도 일상이다. 아침 저녁으로 잠깐 얼굴 보는 거지만 오며가며 한두 마디 섞는 것도 작은 기쁨이다. 크고 거창한 거만이 효도는 아니다.

사랑한다 아들아. 늘 성실히 건강하게 지내렴.

자대배치 ▶ 6월 8일

새옹지마

 인생사 새옹지마 塞翁之馬_인생에 있어서 길흉화복은
항상 바뀌어 미리 헤아릴 수가 없다는 뜻라고. 세상 일
이라는 게 지금 좋다고 다 좋은 게 아니고 나쁘다고 끝까지
나쁘기만 한 게 아니니, 눈앞에 벌어지는 현상만을 보고 단
정 짓지 말라는 고사성어야.

엄마는 다리를 다친 것은 불편하긴 하지만 그동안 몸

생각 안 하고 마구 살아온 것을 반성하고 몸 좀 챙기라는 뜻으로 받아들이려고 한다.

공주 사는 엄마 후배 알지? 맛난 먹거리 많이 보내주는 분. 어제 그 친구가 하소연을 해왔다. 공부로 출세하기 어려운 세상인데 중3 아들에게 공부하라고 닦달해도 되나 묻더라구. 공부 안 하려고 해서 속 썩는 거 같다.

엄마 생각은 이렇다. 학교 다닐 때는 공부에 힘을 쏟는 게 맞는다고 봐. 다른 특기나 온통 빠질 정도의 관심사가 있다면 그것에 몰두하는 것도 좋지만, 그래도 공부에는 충실해야지. 단지 공부가 힘들거나, 놀면서 시간 보내는 게 쉬워서 그런 거라면 반대다.

엄마는 유난히 수학이 어렵고 힘들었는데, 그때 생각에 실생활에 전혀 도움이 안 되는 이 어려운 수학을 왜 하라고 해서 나를 고생시키나 했지. 싫어하니 성적이 안 오르고 성적이 안 오르니 더 싫어지는 악순환이었다. 그런데 사회에 나와 보니 수학이 직접적으로 쓰이는 것은 아니지만 힘든 수학을 포기하지 않은 덕분에 인내가 길러진 것 같다. 사회생활하면서 힘든 일을 만나면 금방 포기하기보다는 참고 해결책을 마련하도록 최선을 다하게 된 거지.

공부는 엉덩이로 한다고들 하는데 힘든 거 이겨내는 거, 참고 공부해 나가는 과정이 인생에서 맞닥뜨릴 여러 일들을 헤쳐 나가는 지혜를 기르는 거라고 생각한다. 단순히 지식을 쌓는 시간만은 아니지.

이런 것도 참지 못하면서 잘 되기를 바라는 것은 공짜 심리야. 누나가 고등학교 졸업하자마자 쌍꺼풀 수술한다고 했을 때, 운전면허 딴다고 했을 때, 내가 그랬대. 그런 쉬운 거 말고 어려운 거 힘들여야 해낼 수 있는 거 좀 해보라고. 누나는 그 말이 마음에 와 닿았다고 하더구나. 결국은 자기 하고 싶은 대로 다했지만 말야. 하고 싶은 일도 하고 더러 실수도 하고 그러면서 살아야지.

엄마가 지금까지 살면서 제일 잘한 일은 학창시절에 책 많이 읽고 공부를 열심히 했던 거야. 그때는 달리 놀 만한 거리도 없었고 소질도 그다지 없었던 내게 유일하게 쉬웠던 건 집안에 굴러다니는 책 읽는 거랑, 공부 좀 해서 부모님께 칭찬 듣는 거였어. 제일 좋기도 했고. 내로라 하는 전문직을 갖진 않았지만 나의 그런 태도가 어려운 형편에서도 부모님이 대학까지 보내준 이유이기도 하지.

지금 내가 화장기 없이 멋진 정장 없이도 당당하게 활동하는 이유는 스스로 느끼는 자신감 때문일 거야. 자존감이 높다고나 할까. 사실 어떤 일을 만나더라도 겁나지 않고 꿀리지 않기도 해.

평생 서울 언저리를 벗어나지 못했지만 책을 통해 간접 경험을 하고 지식을 확장해 온 덕에 어떤 일을 만나더라도 생소하다고 해서 당황하지는 않는단다. 어디선가 본 듯한 느낌이 들어 다소 여유있게 대처하기도 하고. 이 모두가 책을 통해서 얻은 지혜 덕분인 듯 해. 책뿐 아니고 주위에서 일어나는 일을 주의깊게 보는 세심한 습관도 크게 도움이 되지. 이런 것들이 학교에서 알려주지 않은 것들도 깨우칠 수 있게 해준단다. 하하 오늘은 자뻑이 심하군.

너는 누구보다도 가장 사랑스러운 아이란다. 급 칭찬 마무리 모드.

사랑한다 아들아. 엄마의 쾌유를 기도해다오.

나른한 일요일 오후

 오늘 못 내려간다는 편지를 미리 전하긴 했지만 혹시 네가 기다리고 있지는 않을까 해서 아침부터 찜찜했는데. 아주 일찍 문자를 보내 주어서 고맙다. 이 에미가 많이 보고 싶을 텐데 가지 못해서 속상하다.

다음주면 볼 수 있겠지. 짐짓 이번 주에 안 오는 게 더 낫다고 어른스레 말도 할 줄 알고. 여러 힘든 훈련을 하면서 몸만 튼튼해진 줄 알았더니 속까지 꽉 차게 영글었구나.

아픈 게 그다지 나쁜 것만도 아닌 게 강제 휴식을 하다 보니 요즘은 잠을 푹 자서 눈이 퉁퉁 부을 정도란다. 모처럼 누리는 호사다.

지금 일요일 한낮 12시, 우리 집 풍경은 아빠는 새벽부터 설쳐대다가 잠시 낮잠을 즐긴다. 시원한 거실에 대자로 누워서 말이지. 누나는 오후에 학원 수업을 가려고 준비중이다. 누나를 보내고 나서 나는 드라마를 즐길 참이다. 점심은 패스다.

내가 가진 나쁜 습관 중 하나는 일을 미루는 것이다. 미룰 수 있는 시간까지 최대한 미루는 거지. 하지만 미루되 기일 안에는 반드시 끝을 낸다. 미리미리 해두는 게 최상인데, 쉽지 않다. 매번 느끼는 건데도 한번 붙은 습관이라 고치기가 쉽지 않다. 세 살 버릇 여든 간다는 말, 진리다. 처음에 좋은 습관을 기르는 게 중요하다.

어제 쉬는 동안 월요일 일을 미리 준비했으면 좋았을 것을. 일요일의 터널 끝에 할 일이 남아 있다는 게 영 찜찜하고 개운하지 않다. 앞으로 남은 서너 시간은 쏜살같이 지나갈 텐데. 예능 방송이 다 끝나는 밤 9시나 돼서야 컴퓨터를 부팅하고 매달려 끙끙댈 듯하다. 예견된 불편한 진실인데 알고도 미루고 있으니 더 나쁜 거겠지.

오늘은 오이소박이 김치를 담갔다. 의외로 맛있게 됐다. 내 친구 동호엄마가 문병을 왔다. 아줌마도 간이 나빠서 조금만 무리하면 몸이 힘들다고 한다. 우리는 서로 위안을 해주었다.

때로는 누군가가 시간을 빨리 보내줬으면 하는 기분이 들 때도 있다. 어디로 가야 할지 모를 젊은 시절에는 더 그랬지.

혼돈의 20대에는 형제 많은 가난한 집의 장녀라는 내가 딛고 있는 현실과 꿈꾸는 이상향 사이에서 갈피를 못 잡고 많이 헤맸었다. 빨리 나이가 들어버렸으면 좋을 거라고 생각했었지. 그때는 서른 살이 되면 무엇이 됐든지 갈 길이 정해지고 그냥 주어진 길을 따라가면 될 거라 생각했다.

30살에 가정을 이루고 직장도 접고 너희 남매에게 집중했다. 독박육아였고 경단녀가 되었지만 내 생애 가장 행복한 시간이었다. 아침에 눈을 뜨면 오로지 너희들과 무엇

을 먹고 어떻게 즐겁게 하루를 보낼까만 궁리하면 되었으
니까.

　누군가가 돌리는 쳇바퀴 안에 한번쯤은 들어가겠지만
정신줄은 놓지 말자. 잘 살아야지 청춘이니.

　너는 글 솜씨가 좋으니 일기를 한 번 써보는 것도 좋을
듯하다.

　또 쓰마. 사랑한다 내 아들. 내 보험.

　부담을 꽉꽉 주며 글을 맺는다.

번잡한 월요일의 시작이다

 한가했던 어제와는 달리 월요일은 늘 정신이
없다. 붐비는 러시아워를 뚫고 누나를 데려
다 주고 이런저런 일을 챙기다 보니 어느새 점심이다.

날은 아침부터 찔 듯이 덥지만 닥친 일 처리하느라 날
씨 탓할 여유가 없다. 너 역시 날씨와 상관없이 오늘 일정
소화하느라 한가할 겨를이 없을 듯하다.

잠시 짬을 내서 병원에 왔는데 이곳 역시 복잡하다. 주말 동안 고통을 참은 환자들이 몰려서인지 번잡스럽기 짝이 없다. 잠시나마의 찰나라도 놓치면 편지 쓰는 시간마저 놓칠까 진료 대기중에 급히 적는다.

요즘 날씨가 더워지니 깁스한 다리가 이런 날씨에는 아주 고역이더라구. 아토피도 좀 있어서 발을 싸맨 데가 엄청 가려운 거야. 그래서 깁스를 풀고 발도 시원하게 긁고 그랬는데, 뭐 내가 보기에는 괜찮더라구. 떡 하니 풀고 진료실에 들어가니 의사가 엄포를 놓는 거야. 그렇게 깁스 안 하고 다니면 뼈가 안 붙고 수술해야 할지도 모른다구.

흑흑. 이 나이에 웬 야단을 다 맞고. 정신을 다시 차리고. 어쨌든 그랬다.

뷰우티풀 먼데이다. 이 한 주도 평안하길.

또 보자. 사랑과 평강을 보낸다.

자대배치 ▶ 6월 11일

하늘이 내려온다

 안녕, 아들아.

며칠째 부글부글 끓어오르는 날씨를 누르듯
이 오늘은 구름이 낮게 내려앉았다. 해도 가리고 한마디로
서늘하다.

노랫가사로도 많이 알려진 박두진 시인의 하늘이라는
시가 저절로 떠오른다.

하늘이 내게로 온다
여릿여릿 멀리서 온다
멀리서 오는 하늘은 호수처럼 푸르다
……

박두진_하늘

싯구 중에 하늘을 마신다,라는 게 있는데 그 느낌은 어떨까. 자꾸 목말라 하늘을 마시면 내 몸에서는 어떤 반응이 일어날까. 시인의 감성이라는 게 놀랍다. 막연히 쳐다만 보던 하늘을 마신다니.

졸업 전에 일찌감치 시인으로 등단한 동창이 있는데 이제 생각해 보니 그 친구의 표정은 그때도 은밀했던 거 같다. 모딜리아니의 그림 속에 나오는 여인들처럼. 보통의 우리들이 공강 시간에 휴게실에 앉아 물색없이 떠들고 있을 때 은근히 미소만 보내기만 하던 모습이라니.

어젯밤은 열대야를 연상시키듯이 엄청 찌더구나. 우리 집이 얼마나 시원하냐? 그런데도 잠을 설칠 정도로 더웠다. 물론 너는 항상 선풍기를 끼고 잤지만 말이야. 아침에는 비를 뿌리면서 한결 시원해졌다.

청춘은 아름답다. 나이가 먹으니 마음은 언제나 청춘인데 몸은 이미 기력이 쇠해 한낱 더위에도 쩔쩔 맨다. 너는 펄펄 나는 청춘 잘 갈무리해서 뷰티풀한 인생을 보내거라.

20대는 혼돈의 시기였다. 무엇을 해야 할지 정해진 것은 아무것도 없어 갈팡질팡하게 된다.

진정 내가 원하는 게 무엇인지, 무엇을 하고 싶은지도 잘 모르겠고 말이야. 다 할 수 있을 것 같고, 다 가질 수 있을 거 같은데 현실에서는 벽에 부딪혀 방황하게 되지.

변명 같지만 적당히 타협하고 적당히 물러서고 해서 지금까지 왔다. 잘 하지는 못해도 부끄럽지 않으려 최선을 다했다.

인생에서 변하지 않고 확실한 것은 없는 듯하다. 벽을 넘어가면 또 다른 벽을 만나기도 하고. 모든 능력을 다 갖출 수는 없으니 바른 가치관으로 상황에 잘 대처할 뿐이다.

누나는 한 달 여 앞으로 다가온 시험 때문에 고생이 많다. 악착스레 공부하는 것을 보니 꼭 될 거 같다. 저런 애가 안 붙으면 누가 붙겠어. 누나 시험 때까지 아무 탈 없이 지나가라고 백일 기도라도 드리고 싶다. 누나는 밥만 잘 해달라고 한다.

나는 젊은 시절 불행히도 누나처럼 목표를 정하고 그것을 이루기 위해 전력 질주한 경험이 거의 없다. 교사 자격증이야 교직을 이수했으니 당연히 졸업장과 함께 나왔고 임용고시는 될 가능성이 희박하니 힘 낭비하지 말자고 일찍 접었다. 비교적 순탄한 인생을 살아온 것이 다행이기도 불행이기도 하다.

네가 입대해서 잘 지내고 있어 네 걱정은 한 시름 놨으니 이제는 누나에게 올인하자꾸나. ㅋㅋ

배고프다. 밥 먹으러 가야겠다. 오늘은 돌솥밥을 먹어야지. 아들 곧 보자.

자대배치 ▶ 6월 12일

일일여삼추

네게로 간다고 마음 먹은 이후 하루가 길게 느껴지고 더디게만 간다.

일일여삼추—日如三秋_하루가 3번의 가을과 같다는 뜻으로, 몹시 애태우며 기다림을 비유한 말라고.

진주 천릿길. 내가 접한 첫 진주는 교과서에 실린 변영로 시인의 시 〈논개〉에서다.

> 거룩한 분노는 종교보다도 깊고……
> 흐르는 강물은 길이길이 푸르리니

너도 한번쯤 들어봤을 거 같다. 임진왜란 때 촉석루에서 왜장을 껴안고 진주 남강으로 뛰어든 의로운 기생 논개를 기리는 시다. 진주에 가게 되면 남강과 촉석루가 보고 싶다.

너 입대할 때 한번 갔으니 그리 멀게 느껴지지는 않는다. 누나도 가고 싶어하지만 시험이 얼마 안 남아서 면회 가는 기쁨은 아빠랑 단 둘이 누릴 듯.

지금까지 살아오면서 약간 아쉬운 일은 내가 나고 자란 서울 주변을 별로 벗어나지 못했던 거다. 소극적인 성격탓도 있고, 익숙한 것에만 안주하려 하고 모험을 꺼리는 습성도 그렇고.

아쉬운 것은 아쉬운 대로 두고, 지나간 것에 연연하지 말자. 어차피 지나간 것은 모두 아쉬움 투성이더라.

《

지나간 것은 지나간 대로
그런 의미가 있죠
……
전인권 노래_걱정 말아요 그대

어제 저녁 무렵 온 전화를 못 받아서 아쉽다. 다시 전화할 줄 알고 11시까지 잠 못 자고 기다렸단다. 하필 그때 전화를 못 받다니. 아쉽고 아쉽다. 수요일 저녁에는 일이 있어서 통화가 어렵다.

일요일 6시에 출발해도 거기에는 10시에 도착할 듯하여 10시 반으로 면회 시간을 예약 잡았다. 여유 있게 전날 가고 싶은데 발 때문에 아무래도 불편할 거 같다. 돗자리 가져가서 어디 시원한 데 편히 있다가 수박이나 한 통 사서 먹자. 분주하게 일상을 보냈으니 모처럼 한가함을 누리는 것도 좋을 듯하다.

진주시장도 기대된다. 그런 시골 시장은 제대로 본 적이 없어서 약간 투어하는 기분으로 가려 한다. 네가 계획한 것을 함께 하고 싶다.

너는 뭐 먹고 싶어? 음식을 장만해 가면 가는 동안 식을 테니 현지에서 마련해 보자. 어째 주구장창 먹는 얘기뿐이네. 너도 거기서 잘 먹고 있을 텐데. 그곳 단체 급식이랑 집에서 좋아하는 음식 골라 먹을 때랑 많이 다르겠지만, 거기에서는 영양소가 골고루 배합된 음식이 나올 테니 입에는 써도 몸에는 좋을 듯하다. 열심히 먹으렴. 열심히가 입에 뱄다. 잘 먹으렴.

만나는 날까지, 우리 밥 맛있게 먹고 잘 지내자. 공지사항은 잘 전달 받았다. 달랑 공지. ㅋㅋ

자대배치 ▶ 6월 13일

목요일은 지루해

 오늘은 목요일이다.

그래서 그런지 피로도가 급 올라가서 오전에
잠깐 쉬고 있다. 기력을 회복하려고 말이지. 오후에는 더
바빠지겠지만 일단 오전에는 만사를 제치고 쉬고 있다.

쉬어 가자.

목요일은 언제나 지루해. 중학교에서 처음 영어 배울

때 목요일, 써스데이Thursday, 이 단어가 얼마나 어려웠는지. 발음도 힘들고 스펠링도 어렵더니, 살다보니 목요일 자체가 힘든 시간대다.

목마르다, 써스티thirsty와 발음이 비슷해서 여러 모로 답답하기까지. 게다가 일주일의 딱 중간이다. 대단한 평행이론이다.

아이러니한 게 뭐고 하니 군대 간 우리 아들이 의젓해졌다고 하니까 먼저 아들을 군대 보낸 선배 엄마들이 그러더라. 제대하고 입대 전 모습으로 원상 복구하는 데 한 달도 안 걸린다고. 어떤 이는 인증샷까지 보여주는데 6개월 전 군에 있었던 사진하고 제대 후 현재 몸이 두 배 차이 나더라구. 하하.

그런데 누나가 말하기로는 몸은 그럴지 몰라도 복학생들 공부 엄청 열심히 한다고. 정신력에는 큰 차이가 있을 거라는구나.

순간순간 돌이켜보면 네 중요한 시절에 엄마가 제대로 된 안내자가 되지 못한 것 같아 아쉽다. 고등학교 입학할 때, 고3 때 학교 분위기가 나빠 공부에 집중하기 힘들다고 할 때, 재수할 때 등등. 좀더 과감한 결정을 내려야 할 때, 난 왜 그리 물러터졌는지. 도대체 과감한 결정은 언제 어떻게 내려야 하는지 솔직히 몰랐다.

미국의 텀블러 창시자 카스는 26살인 지금 1조 원 가량의 자산가인데, 영재 과학고 재학 당시 컴퓨터에만 빠져 있는 아들을 보고 엄마가 학교 그만두고 컴퓨터만 하라고 해서 대학도 안 가고 컴퓨터만 해서 성공했다는 기사가 실렸다.

과연 우리나라에서 학교를 안 가는 게 가능한가 싶기도 하고 말이지. 아무튼 또 다른 괴로운 과거를 반복하지 않기 위해서 지금도 노력하지만 말이다. 열정 신념, 이것이 인생의 좌표라고 하는데 말이지. 아 어렵다. 이만큼 세상을 살고도. 복무중인 네게 너무 부담되는 말인 듯하다.

이하 연예 통신, 장윤정 도경완 결혼, 손연재 아시안 대회에서 금 3개 따고. 대단하지. 이제 김연아는 가고 손연재 시대가 온 건가. 역시 노력하는 자는 이길 수 없어.

일단 토요일 면회 가는 것은 숙고중이다. 9시부터 3시 반까지 영내 면회가 가능하다는구나. 내일 소식 전하마.

굿 럭. 행운을 보낸다.

자대배치 ▶ 6월 14일

내일 만나러 갑니다

하이 아들.

엄마 아빠가 내일 새벽 출발한다. 1박2일이
니 차를 가져가도 그다지 무리는 없을 듯하다. 약간 변수가
있긴 한데 잘하면 11시, 휴게소에서 쉬어가도 1시경에는
도착할 듯하다. 기다리고 있으렴. 이거도 미리 예약해야 할
지 모르겠다.

누나가 흔쾌히 혼자 잘 있겠다고 했고, 아빠도 동문 체육대회를 포기하고 진주를 선택했다.

맛있는 것을 무얼 준비해야 하는지 어쩐지 모르겠다. 급한 대로 네가 좋아하는 빵집에서 맛있는 빵을 좀 사가마. 나머지 필요한 건 일요일에 만나서 같이 마트에 가서 네가 원하는 걸 사도 되고.

내일은 공군사관학교 사관 기수 수료하는 날이라고도 해서 진주가 복작거릴 거라는 소리가 있다.

준비하던 시험은 만족하게 잘 치렀는지, 내일 만나서 네가 사는 방도 보고 그러자. 네 동기들과 같이 먹을 거 사야 하는 건 아닌지 모르겠네.

널 볼 걸 생각하니. 마음이 급해진다.

어제 본 철학 이야기 책에 나오는 글귀 소개한다.

햇볕이 좋을 때 건초를 말리자

우리 속담, 물 들어올 때 노 젓자는 말이랑 비슷하다. 이 책을 가져 가마. 네 영혼에 좋을 듯하다. 딱 기다려라.

149

자대배치 ▶ 11월 13일

변함없는 일상들

사랑하는 아들 보아라.

어제 오늘 날이 많이 추워졌다. 네가 있는 그 곳은 더 추우리라 생각되지만 엄마가 직접 볼 수 없으니 답답한 마음뿐이다.

일단 누나의 소식을 전한다. 결과적으로 불합격이다. 시험을 본 후 느낌도 좋고 90% 합격을 예감했지만 합격의

 150

벽은 높았다. 누나의 충격은 말할 것도 없고 나도 일주일 전부터 밥맛이 없었는데 오늘은 딱 끊어지고 머리마저 아프다.

그래도 누나는 용감하여 한참 펑펑 울더니 곧장 일어나 학원으로 갔다. 그 공부 다시 못 한다고 버틸 줄 알았더니.

너에게 불합격의 소식을 전하되 위로는 사양한다고 덧붙이더라. 합격점에서 0.3점 모자르지만 0.1점 모자라서 떨어진 사람도 있을 거라고 위로 아닌 위안을 삼더군.

세상이 만만치 않다. 느낌으로 답도 비교적 잘 써냈다고 하는데 점수가 짠지 아쉽기 짝이 없다.

이 시점에서 한마디, 사랑하는 우리 아들, 사실 어디 하나 미운 데가 없는 너다. 고된 군 생활도 투정 한 번 안 부리고 잘 하는 것을 보고 상이라도 주고 싶은 마음이다. 그러나 군 생활에 적응이 된 듯하니 엄마가 욕심이 난다. 지금 군 생활 잘하는 것만 해도 너무너무 고맙고 대견하지만 이제 적응이 됐으면 일과 후 개인 시간에 독서에 힘을 쓰면 어떨까. 책을 많이 읽는 것은 고수와 대화하는 것이라는 말도 있잖니. 큰 돈 안 들이고 삶의 지혜를 배울 수 있다니 해

《

볼 만하지 않니?

세상이 참 만만하고 호락호락하지 않은 거 잘 알지, 멋지게 폼 잡고 한 세상 사는 것도 해볼 만한 일인데 말야.

누나가 요즘은 자꾸 이런 말을 한다. 엄마는 그 시대에 그 학벌 가지고 왜 욕심을 부리지 않았냐고. 남 보기에 번듯한 직장 없이 이곳저곳 기웃거리며 할 일을 찾는 나를 보면 좀 답답한 가보다.

내가 지금 생활에 불만 없이 산다면 그런 말은 않을 텐데. 그럴 때마다 할 말이 없다. 우리 시대는 지금이랑 많이 달랐어,라고 하기에도 구차하다. 나도 그리 게을리 산 것 같지는 않은데 지금 현실을 보니 내세울 게 하나도 없단 말이다.

휴, 이참에서 한숨 한 번 쉬어 주고, 그래서 너에게 더 아쉽다. 쉬운 일은 언제든지 할 수 있다. 돈 자체가 쉽지는 않지만, 돈으로 해결할 수 있다면 비교적 쉬운 일이지. 돈으로 안 되는 일이 세상에 얼마나 많으냐? 흔히 드라마에서 하는 말, "얼마면 돼?" 돈으로도 안 되는 일이 있는 게 세상사다. 돈이 목표가 되어서도 안 되겠지.

책을 꾸준히 읽어라. 쉽지 않겠지만 재미있는 소설부터 시작해서 읽는 습관을 들였으면 좋겠다. 그래야 제대 후 네가 원하는 공부를 시작할 수 있으리라 생각해. 잘 새겨보렴. 누나 때문에 너에게 잔소리 불똥이 튄다고 생각하지 말고.

누나는 최선을 다했기에 그 공부가 얼마나 힘든지 알기 때문에, 다시 한다는 게 너무도 끔찍하겠지만 그래도 해볼 만한 여지가 더 있다고 생각하고 몇 시간 만에 좌절을 극복하고 토익 점수가 필요하다며 다시 영어 학원으로 달려갔다. 혹시 네게도 그런 결단력과 추진력이 아직 살아있는지 한번 보렴. 엄마 잔소리가 길어졌다. 좋은 소식 전하지 못해 미안하다.

추운 겨울이다. 내복을 하나 더 사긴 했는데, 네 마음까지 따뜻하게 엄마가 보듬어줘야 하는데 말이지. 우리 아들 똑똑하니까 엄마 마음 잘 헤아리리라 생각한다. 이번에 휴가 오면 24일에는 아빠 생일파티를 해야 할 거 같아. 12월 1일이 생일이거든, 너 있을 때 촛불 한번 켜보자.

다음주에 보자.

2013년 11월 13일 엄마가.

추신) 날이 밝아 다시 아침이다. 어젯밤에 누나랑 늦게까지 얘기했는데, 순간순간 울컥함이 치밀어올라 힘들다고 한다. 나도 울컥하는데 얼마나 마음이 아플까.

네가 오는 날에는 너의 상쾌함으로 우리를 힐링해 주렴.

네가 희망이다. 빨리 보자.

손글씨로 써야 하는데 나의 악필을 못 알아볼까 싶어 타이핑한 걸 출력해서 보낸다.

훈련병에게 쓰는 편지

훈련병 아들에게 쓴 엄마의 사랑 통신

ⓒ 곰신맘

초판1쇄 발행 2021년 9월 10일
지은이 곰신맘

기획 편집 전미경
펴낸이 정세영
일러스트 김아름
제작 지원 디지털 놀이터

펴낸곳 위시라이프
등록 2013.8.12./제2013-000045호
주소 서울 강서구 양천로30길 108
전화 070-8862-9632
이메일 wishlife00@naver.com
ISBN 979-11-963931-8-2 03810 | 값 12,000원